光文社文庫

文庫書下ろし&オリジナル／傑作心理サスペンス

星の見える家

新津《にいつ》きよみ

KOBUNSHA

光　文　社

目次

危険なペア

1

「閉じる」のボタンを押そうとしたら、扉の陰に人が見えた。松野《まつの》ゆう子は、あわてて「開く」のボタンに指をずらした。

「こんばんは」

親子連れが乗り込んできた。

「こんばんは」

と、ゆう子も挨拶を返す。エレベーターに乗り合わせたら挨拶する。それが、このマンションの習慣になっているらしい。三か月前まで住んでいた小岩のマンションでは考えられないことだった。

学習塾帰りの小学生と子供を迎えに行った母親だろうか。低学年くらいの男の子は、自分の母親と同年代に見えるゆう子に無遠慮な視線を送ってくる。

ゆう子は、思わず手に提《さ》げていたコンビニの袋を背中に隠した。今日は社外で重要な打ち合わせがあったので、キリッとしたスーツ姿である。たくさん書類の入る男物のブリーフケースはつねに持ち歩いている。

五階で「お先に」と言って、親子は降りた。

さっきの男の子の目に自分がどう映っただろうか、とゆう子は思った。小さな男の子の目には、自分の母親と同年代で〈主婦ではなく働く女〉が異星人のように映るのかもしれない。そして、なぜか、ゆう子と同年代の女は、ゆう子が一人暮らしであることを見抜くのである。

十一階で降り、自分の家の前へ行くと、ドアノブに回覧板が掛かっていた。左隣の家から回ってきて、右隣の家へ回すように決められている。なるべく早く回さないといけない。留守がちな家は嫌われるからだ。

回覧板を持って家に入り、ゆう子は「あーあ」と、声を出しながらため息をついた。

想像してはいたが、住んでみると、やはりここは都心への通勤圏内に位置するファミリータイプのマンションだった。圧倒的に子供のいる家庭が多い。ゆう子のように独身者で、しかも女性というケースは皆無と言ってもいいだろう。ゆう子自身、そういう女性に出会ったことがないのだから。

小岩の賃貸マンションは1LDKのコンパクトな間取りではあったが、日本橋の会社に近くて便利だった。

ゆう子が一念発起して、東北新幹線の駅にほど近い埼玉県内の地に中古マンションを購入したのには理由があった。

今年七十一歳になるゆう子の母親は、宇都宮市内でゆう子の兄の家族と同居している。父親は八年前に病気で死んだが、母親はどこも身体に悪い箇所はなく、大の分まで長生きしそうな勢いだ。そして、嫁との仲はよくもなく悪くもない状態だ。兄の話によれば、「ときどきケンカもするし、ときどき一緒に買い物にも行く仲」だということだ。しかし、嫁姑は所詮他人である。いつ何が起こるかわからない。母親が逃げ出したくなるときもあるだろう。将来、「娘のあなたと住みたい」と母親がSOSを出してきたときのために、実家と自宅を行き来するのに便利な場所に住まいを持とう、と決意したのだった。

しかし、ちょっとばかり田舎に引っ込んだら、そこには家族向けの物件しかなかった。母親用に部屋を確保するとなると、LDKのほかに三部屋はほしい。いずれにせよ、現時点では、閑静な住宅街の中のファミリータイプの物件に一人で住むしかないのだ。

風呂から出てビールをひと缶飲むのが、いまのゆう子のささやかな楽しみである。缶ビールを冷蔵庫から取り出したとき、テーブルに置いた携帯電話が鳴った。

「まだ会社か？」

宇都宮の兄からだ。

「ううん、もう家」

「今日は早いな」

「残業ばかりじゃないのよ」

とはいえ、こんな幸運な日はめったにない。

「おふくろが週末、そっちに行きたいってさ」

兄は声を低くした。家の中で妻の目の届かない場所を探してかけているのだろう。

「お義姉《ねえ》さんとケンカでもしたの？」

「おまえ、よくわかるな」

「女同士だもの。お母さんの考えていることもお義姉さんの考えていることもわかるわよ。そろそろ、避難したいころかな、と思ってね」

「避難？　まあ、そうだな。たまには、ゆう子のところへ行って息抜きしたいんだろう」

そのためにも、新幹線の駅から近い場所にローンを組んでマンションを購入したのだ。

「お母さん、どうなの？　わたしならいいのよ」

「いいって？」

「そろそろお母さんを引き取ってあげても。家にいてもらったほうが、何かと助かるし。ご飯を作ってもらえるし、洗濯機を夜中に回さなくていいでしょう？　だけど、元気なうちにしてよね。寝たきりになられてからだと困るから」

「はっきり言うなよ」

兄は乾いた声で笑っておいて、「おふくろ、当分、そんな気にはならないと思うよ」と続けた。

聞く前に返事はわかっていた。母親は友達が多く、習い事もたくさんしている。住み慣れた宇都宮の土地を離れたくないのだろう。いつだったか、「わたしはここに骨を埋めたい」と言っていた。

「じゃあ、お母さんには、なるべく頻繁にこっちに息抜きに来るように言ってよ」

「言っとくよ。ところでさ、さっき、テレビでおまえのような女を特集してたよ」

「わたしのような女？」

「均等法一期生、だとよ」

「あ……ああ、そういう意味ね」

均等法一期生。一九八六年四月の男女雇用機会均等法施行後、最初に社会へ出た世代を指した言葉だ。一九八七年三月に大学を卒業し、大手の会社に就職したゆう子もその中に含まれる。

「おまえみたいに総合職として入社したものの、いまも企業に勤めているのは一割もいないとか。ってことは、ゆう子は絶滅寸前の動物みたいなものだなあ」

「変な言い方しないでよ」

電話を切って、「絶滅寸前か」とゆう子はつぶやいた。そう思えなくもない。ゆう子は、先月で四十三歳になった。さっきエレベーターに乗り合わせた女性のように、小学生くらいの子供がいてもおかしくはない年齢だ。

国立大学の工学部を卒業して電子機器メーカーに入社して以来、均等法一期生としてキャリアを積み重ねてきた。入社十六年目に課長となり、十九年目にはプロジェクト部の部長に昇進した。現在、システムエンジニアとして十四人の部下を率いている。二年間の大阪への転勤も経験した。「女性が働きやすい環境が整っており、募集、採用から、職場での配置、昇進などで男女差別のない職場」という看板にうそはなかった。

仕事は好きだし、内容も誇れる。キャリアに自信もある。だが、「女としてはどうなの？」と面と向かって問われると、自信は揺らぐ。同期入社したのに寿退社し、子供を持って幸せそうな家庭を築いているかつての同僚もいるからだ。

でもね、とふっと生じた迷いを追い払うようにかぶりを振ると、ゆう子は缶ビールをひと口飲んだ。わたしは仕事に生きるしかない。結婚はともかく、子供はもう諦《あきら》めざるを得ない年齢だろう。わたしのような生き方があってもいい。せっかく女性が獲得した権利を無駄にしない生き方をしてきたのだから、これはこれで価値がある。子供なんて産んでいなくたって。

そう自分で自分を納得させて、テーブルに置いたままの回覧板を手に取った。このマンションの建物と同様に回覧板も家庭の匂いがする。

開いてみると、「N小学校PTAバザー物品提供についてのお願い」というタイトルのプリントが、ぺらりと一枚バインダーに挟まっていた。右下には、PTA役員二名の氏名が記されている。

——小学校のPTAバザー？

ますます家庭の匂いがきつくなる。

「清秋の候、みなさまにはいよいよご健勝のこととお慶び申し上げます」

四十三歳の健康体で子供を持たない後ろめたさは、確実に自分の内部に存在している。その後ろめたさを払拭するように、ゆう子は皮肉っぽく文面を読み上げた。

「N小学校では、下記の期日に恒例のPTAバザーを開催いたします。バザー品提供にご協力いただける場合は、下記の日時までに管理人室に届けてください。ご協力いただきたい物品は、寝具類、食品類、雑貨、衣類などです。食品等につきましては賞味期限にご注意ください。刃物類はご遠慮ください。……だって」

部屋番号の欄にすばやくサインをして、回覧板を閉じた。急いで隣の家のドアノブに掛けに行って、自宅に戻る。両隣の家には子供が二人ずついる。休日などにたまに顔を合わせるが、ゆう子には誰がどちらの家の子供か区別がつかない。

――よかった、子供なんかいなくて。

子供がいないことのプラス面を考えてみた。ＰＴＡ活動は厄介だという。仕事を持っていようがいまいが、同じ母親というだけで、持ち回りで役員を押しつけられるとか。塾なんかに通い始めれば、さっきの母親のように送り迎えをしなくてはならない。時間は取られるし、教育費はかかる。休日であろうと、好きなだけ寝ているというわけにはいかない。

――それに比べて、わたしは何て自由なんだろう。

誰にも束縛されない。休みの日には寝だめができるし、朝食と昼食を一度に済ませられる。その上、中古とはいえマンションを自分名義で買う経済力もある。この部屋の好きな場所に自分で選んだ家具を置き、お気に入りのインテリアで統一できるのだ。

部屋を見回して、そうだ、とゆう子は閃《ひらめ》いた。いっそのこと、もっと身軽に、もっと自由になってしまおう。

キッチンの吊り戸棚の奥から青い箱を取り出す。これを小学校のＰＴＡバザーに出してしまえばいい。

しまいっぱなしだった箱の蓋を開ける。両端についた白い紐が蓋を固定するようになっている。鮮やかな色合いとまばゆい輝きがゆう子の目を射る。

箱から現れたのは、伊万里焼のワイングラスだった。飲み口を金で縁取ってあり、そこに光が反射して高級そうな輝きを放っている。割れないように、箱にはワイングラスの窪みに合わせて光沢のある白い布が張ってある。

未使用のワイングラス二脚。いわゆる、ペアグラスだ。

十年前に招かれた結婚披露宴の引き出物がこれだった。伊万里焼が嫌いなわけではない。ワインが飲めないわけではない。いや、逆にいくらでも飲める体質だ。

二度と目にしたくないペアグラスだったから、ゆう子は十年間、これを封印してきたのである。

十年前に本気で結婚を考えた男性がいた。取引先の会社に勤める男で、仕事ができて話題も豊富な男だった。だが、彼と結婚するには仕事を辞めなくてはならなかった。なぜなら、彼の海外赴任が決まっていたからだ。せっかく得た総合職の仕事を捨てなくてはならない。ゆう子は、仕事面で正当に評価されている、と感じていたところだった。

「ひと月たったら返事をくれ」と、彼は言った。

一か月後、ゆう子はまだ迷っていた。そして、「もうちょっと待って」と頼んだ。

だが、彼は「タイムオーバーだよ」と言い、途端に連絡をよこさなくなった。

それから一か月もたたないうちに一通の結婚披露宴の招待状が届いた。招待状を見て驚愕した。彼とゆう子の知っている女性の名前が並んでいた。彼の結婚相手は、ゆう子の会社に派遣されて来ていた二十五歳の若い女性だった。彼女は隣の部署にいたが、慣例として、結婚披露宴にはゆう子も招待された。

ゆう子と彼がひそかに交際していたことには誰も気づいていなかった。ゆう子は、女性側の招待客の一人として出席し、みんなと同じようにお祝金を包み、引き出物をもらった。

そのときの引き出物が、二脚揃った伊万里焼の高級ワイングラスだったのだ。

使えるはずがなかった。ペアグラス。まるで当てつけみたいだ、と思った。捨ててしまいたかったが、心のどこかに彼への未練があったのだろうか。それとも、ワイン好きなゆう子が捨てるには惜しいと無意識にためらっていただけなのだろうか。

ここに越して来るときにも処分できずに、棚の奥にしまったままになっていた。

——いまこそ捨てどきだ。いや、捨てるのではない。バザーに出して有効活用するのだ。

値段がいくらになるのかはわからない。見栄っぱりな彼のことだから、十年前でも安くはなかったペアグラスだろう。どうせなら、とことん安い値段をつけてほしい。

バザーに出して手放すことで、何かが吹っ切れるだろう。新たな気持ちで再スタートできる。何もいまの段階で一生独身を通す、と決める必要はない。新しい出会いが待っているかもしれない。そう考えれば、ファミリータイプのマンションに住むのもいいものだ。

誰に買われるかしら。ペアグラスの行方にも興味があった。回覧板で告知するくらいだから、地域に住む人間なら誰でも自由に買いに行っていいのだろう。

ゆう子は、管理人室に届けるためにペアグラスの入った箱を紙袋にしまった。

2

西村弘子《にしむらひろこ》は、N小学校へと急いでいた。PTAの役員である弘子は、バザーでは商品の値付けと陳列を担当することになっている。「今年は例年以上に品物が集まったのよ」と、先日の保護者会でPTA会長が頰を緩めていた。

PTAバザーは、一年でいちばん大がかりな行事である。模擬店もたくさん出るし、子供たち向けにゲームコーナーも作る。それだけ力が入っている。PTA役員は、毎年、全員駆り出されるのだ。

「すみません、遅れちゃって」

体育館の入口でスリッパに履き替え、エプロンをつけて、弘子は体育館に飛び込んだ。同じようにエプロンをつけた役員たちが、会場のあちこちでせわしげにバザーの準備をしている。会場作り、飾りつけ、値付けに陳列に掃除……。

「西村さんはそっちをお願いします」

副会長に指示され、彼女の冷ややかな視線を浴びながら、弘子は物品の詰まった段ボール箱や紙袋を「食器コーナー」に運ぶ作業から始めた。会長に副会長。ＰＴＡ本部の面々は、時間に厳格だと評判だ。

決められた集合時間を三十分過ぎている。出がけに電話がかかってきたのだ。

「ご希望に沿えなくて申し訳ありません」

断り慣れた口調の電話の女性の声を思い出して、弘子は気分が沈み込むのを感じた。不採用になったのは、これで何度目だろう。

そのあと、求人誌を見て書きとめておいた法律事務所に電話をして、面接の予約を取ったのだった。今度こそ、いい感触を得たい。

――もう一度、仕事がしたい。

弘子が仕事を探し始めたのは、娘の亜紀《あき》が二年生に上がったときだった。しかし、四十過ぎという年齢と低学年の子供がいることがネックになり、なかなか採用には至らない。

誰でもできそうなパートの仕事なら、募集はけっこうあった。スーパーのレジや宅配会社での仕分けなどの単純作業だ。だが、弘子が仕事をしたいのは、経済的な理由だけではなかった。

——仕事をするからには、やりがいがなくては。

そこが、仕事を探す上で弘子がはずせない点だった。できれば、生きがいを感じられるような仕事と出会いたい。もう一度。

けれども、学校や地域において、弘子は誰にも自分の本音を語ったことはなかった。相手の正確な年齢もわからなければ、経歴もわからず、夫の職業もわからず、わかっていることと言ったら、それぞれの子供の学年と、ぼんやりとうかがえる他人の子の成績くらいのものだ。そんな集団の中で、弘子はわが子を通して彼女たちとそつなくつき合いを続けてきた。真の友達などできるはずがないと思っている。

ＰＴＡ活動も、本音を言えば面倒くさい。最初は「できる範囲でお互いに助け合いながらやりましょう」と笑顔で誘っておいて、いざ活動が始まると、「引き受けた以上は責任を持ってやってください」ときつい口調で言う。

一度、会社の面接があって委員会を休んだとき、あとで副会長に「西村さん、お仕事してないですよね。あらかじめわかっているのだから、委員会はなるべく休まないでくださいね」と嫌みっぽく言われた。

——でも、仕方ないわよね。自分から望んで役員になったんだもの。

段ボール箱を運びながら、弘子は心の中で自分を慰め、励ました。

四月にクラスで最初の保護者会が開かれたとき、ＰＴＡ役員の選出もあった。仕事や介護を理由にしたり、小さな子供がいることを理由にしたりで、なかなか役員のなり手がない。そこで、お決まりのクジ引きとなった。幸い、弘子は当たらなかったが、不運にも役員を引き当ててしまった一人の母親が席を立って、意を決したように言った。

「すみません。わたし、あんまりお力になれないと思うんです。わたしの家は、保護者はわたし一人で、子供が二人です。フルタイムの仕事で帰りが遅くなるときもありますけど、そんなときは仕方なく子供たちだけで留守番させているんです。そんな状況では、平日の昼間に集まることが多いＰＴＡ活動は充分にできそうにありません。できれば免除していただきたいのですが」

それだけ言うのに勇気がいったのだろう。うわずったような声で自分の家庭の事情を語った彼女に、

「あら、母子家庭ってことですか？　そんなの理由にならないと思います。だって、上の学年では、去年、父子家庭のお父さんも役員をなさったんですよ」

と、弘子と同じようにはずれクジを引いた母親が反論した。

「そうよねえ。そんなこと言ってたら、誰もやる人がいなくなっちゃうし」

「みんな、それぞれに事情があるものねえ」

クラスの中にその声に賛同する声が上がり始めた。

「わたしでよければ、かわりにしますけど」

いたたまれなくなって、気がついたら弘子は立ち上がっていた。

「わたし、いま、仕事は何もしていませんし、子供も一人ですから、時間はあると思います」

「そう、じゃあ、西村さんにお願いしましょう。やりたい人にやってもらったほうがいいものね」

司会役の副会長があっさりと言い、その場はおさまった。

「さっきはありがとうございました」

帰りがけに、弘子はさっきの母子家庭の女性に礼を言われた。「阿部《あべ》と申します。子供は、佐織《さおり》です。佐織の上に中学生の女の子がいます。本当に助かりました」

家に帰り、亜紀に聞いてみると、「佐織ちゃんとはあんまり遊んだことないよ。でも、やさしそうな子だよ」という言葉が返ってきた。一緒に遊ぶグループには入っていないが、何となく気になる子、という存在らしい。

役員決めのときに母子家庭の阿部を擁護したことで、みんなにそれとなく疎《うと》まれているのだろうか。PTA活動において孤立感を味わうとき、弘子はそんなふうに考える。だが、あれこれ理由を探るのもバカバカしいと気づく。些細なことに気を取られ、思い悩むよりは、いまは仕事探しに神経を集中させたい。

仕事をすることで、昔のように自信を取り戻せるだろう。

段ボール箱にはぎっしりとものが詰まっている。エアクッションに包まれただけの花瓶や皿やグラス類もある。割れないように気をつけて取り扱わなくてはいけない。一つ一つ取り出して机の上に並べていき、次には箱付きのものを取り出す。

いちばん下にあった青い箱を取り出したとき、弘子の手は止まった。濃いブルーのしっかりした箱だ。ちょうどワイングラスが二つ入るくらいの大きさの箱。

おそるおそる蓋を開ける。

弘子は、息を呑んだ。

やっぱり、そうだ。鮮やかな色合いの陶器のワイングラスが二つおさまっている。

伊万里焼のペアグラス。その模様と配色にはっきりと見憶えがある。

――こんなところで〈再会〉するなんて。

十年ぶりの再会だった。

ワイングラスを一つずつ取り出し、机に並べ置いてみる。弘子の意識は、十年前に引き戻された。キャリアウーマンと呼ばれていたあのころに。

大学を卒業して大手の人材派遣会社に就職した弘子は、均等法一期生としての誇りを持って働いていた。女性の多い職場だったせいか、次々と重要な仕事を任せられ、営業職として大口の顧客を開拓していった。将来、家庭を持ってもこの仕事だけは手放すまい、と思っていた。

しかし、彼と出会ってしまった。この人となら一生をともにしたい、と思える人と。

弘子は、家庭や仕事に対する自分の考えを彼に伝えた。自分も同じ考え方だ、と彼は言った。価値観が同じ者同士うまくいくはずだ、と弘子は喜んだ。ためらわずに婚約した。彼は同じ職場の人間ではなかったが、出入りしていた人間だったので、職場中が弘子の婚約を祝福した。

式場を決め、招待客を決め、引き出物を決め、あとは招待状を発送するだけ、という段階までこぎ着けた。

「引き出物は君の好きなものでいいよ」

彼は、そうやさしく言ってくれた。

引き出物はワイングラス、と弘子は決めていた。ホテルの担当者と相談して、ショーケースに飾られていた伊万里焼のペアグラスにした。

「ペアグラスか。いいじゃないか。これを見たら、みんなぼくたちみたいに結婚したくなるよ」

彼も賛成してくれた。

ところが、それからたった二週間後。二人の結婚話は破談になった。

彼から直接ではなく、仲人《なこうど》を通じて「この話はなかったことに」と言われたとき、弘子は目の前が真っ暗になった。

「先方は、慰謝料を支払うと言っています。婚約を破棄したのですから、いままでにかかった費用ももちろんあちらが払います」

それだけははっきりと言い、婚約破棄の理由については言葉を濁した仲人に、あとで両親から理由を問いただしてもらった。

彼には以前つきあっていた年上の女性がいて、彼女との関係がまだ切れていなかったらしいことがわかった。それればかりか、彼女が妊娠してしまったのだ。

――破談の理由が職場に知れ渡って、みんなと顔を合わせるのが気まずい。

弘子は、会社を辞めた。いまは、それだけの理由で辞めるなんてもったいないと思えるが、そのときは顔から火が出るほど恥ずかしかったのである。それだけ若かったのだろう。

思った以上に弘子が受けた心の傷は深かった。それまでの交友関係を断《た》ったので、つき合いも狭くなり、家に引きこもりがちになった。

そんなときに元気づけてくれたのが、親戚筋に当たるいまの夫だった。婚約破棄を家の恥と考えていた弘子とつき合うのは、親戚くらいしかいなかったのだ。夫とは、小さいころから、法事や親戚の集まりでよく顔を合わせる仲だった。話していても安心感を得られた。嫌な思い出を忘れてしまいたい気持ちもあった。弘子は、あっというまに結婚を決めてしまった。親戚同士の結婚なので内輪でひっそりと披露宴を行った。そのときの引き出物は、無難に写真立てにした。

因縁の引き出物。それが、いま弘子の目の前にある。その美しさに惹かれて弘子が選んだ伊万里焼のペアグラス。皮肉なことに、この美しい輝きを持つペアグラスが一人の仲を引き裂き、弘子の運命を大きく変えたのだ。

いまの夫と結婚後、弘子はすぐに妊娠した。

――いつか仕事を再開したい。

均等法一期生として総合職に就き、脚光を浴びていたあの時代は忘れられない。そう望みながらも、子育てに忙しくていままできてしまった。夫は、仕事を始めることに理解を示している。「もし希望の仕事に就けたら、おふくろに手伝いに来てもらってもいいから」とまで言ってくれている。夫の実家は、車で十五分ほどの場所にある。

――誰がバザーに出したのかしら。

結婚式の引き出物としてもらったものの、気に入らずに使わずにしまっておいたのか。それとも、誕生プレゼントとして贈られたものか。弘子は、このペアグラスがここにくるまでの経緯について思いを巡らせた。陶器類やグラス類にはデザインに流行があるという。とすれば、これはやはり十年ほど前に自分の知らない人間たちのあいだで〈流通〉したものだろうか。

「あら、それ、ワイングラス？」

副会長に声をかけられて、弘子はいまという時間に戻った。

「きれいなグラスね」

「伊万里焼ですよ」

「へーえ、そうなの」

六年生の男の子を持つ弘子より年上の副会長は、グラスの一つを手に持った。ぞんざいな持ち方だったので、弘子は落として割りはしないかとハラハラした。

「でもねえ、バカラとかのブランド品じゃないと、あんまり高い値はつけられないし」

副会長は、自分の手の中でグラスを検分した。

「いくらくらいですか？」

値札をつけるのも弘子の仕事だ。

「そうねえ……八百円ってところじゃない？　いや、それでも高いかな。色合いが派手派手しいし。七百円、いや、六百円。ううん、もうひと声、五百円でもいいかな」

そうおどけて言って、副会長は興味をなくしたようにグラスを机に戻した。

――五百円、か。

十年前で七千円はした伊万里焼のペアグラスが、小学校のバザーの埃っぽい体育館で五百円で売られるとは。

段ボール箱から取り出したものをすべて机や床に並べ、白い紙にサインペンで値段を書きつけながら、弘子はその落差の大きさに何だか笑いたくなった。

自分の内部で何かが吹っ切れそうな気がしていた。

――誰が買うのかしら。

伊万里焼のペアグラスの行方が気になった。が、バザー当日の弘子に割り当てられた仕事は、駐輪場の整理係である。会場には顔を出せない。クジ引きで決まった役割なので文句は言えない。

――でも、行方なんて知らないほうがいいのかもしれない。

供給があって、需要がある。時間と場所の違いで、ものの価値には差が生まれる。世の中には、時間が解決してくれる問題も確実に存在する。

次の就職活動はうまくいきそうだ。弘子は、そう思った。

3

エレベーターのドアが開いたと思ったら、男の子が飛び出して来た。よけるまもなく、ゆう子の胸にぶつかった。卵の入った買い物袋をかばうので精一杯だった。

いてえ、と小学生くらいの男の子がおでこを押さえる。

「大丈夫？」と、ゆう子は聞いた。男の子は顔を真っ赤にしている。

「あのね、エレベーターに乗るために待っている人がいるの。ドアが開いたからっていきなり飛び出したら危ないでしょう？　今度から気をつけてね」

「うっせえ。ババア」

男の子は毒づいて、エントランスへと駆けて行った。

——何よ、あの態度。

いまどきの子は、と憤慨し、エレベーターに乗ろうとして、後ろに女性がいたのにいまはじめて気づいた。恥ずかしい場面を見られてしまった。

「何階ですか？」

一緒に乗り込んで十一階を押し、彼女に聞くと、「十階です」と答える。ワンフロア下だ。同年代の女性だろうか。四十ちょっと過ぎ？　いままで夜遅くに乗り合わせたことがあったような気もするが、ここに移り住んでまだ三か月と少しだ。人の顔などよく憶えてはいない。大体、いつも帰りは遅いのだ。ゆう子は、いつもそうしているように扉の上の階数表示を見つめていた。

「偉いと思います」

すると、乗り合わせた彼女が言った。

「えっ？」と、ゆう子は顔をそちらへ振り向けた。

「なかなか子供を叱れないですものね。親に言いつけられるんじゃないかとか、恨まれるんじゃないかとか、嫌なおばさんだと思われるんじゃないかとか気になって。でも、やっぱり、いけないことをしたら大人がちゃんと叱るべきですよ。そうやってまわりの人間が他人の子供を教育していかないと」

「ああ、そうですよね。本当に、よその子を叱るのって、むずかしいですよね」

きちんと見てくれる人がいた。ゆう子は、嬉しいような恥ずかしいような気分になってそわそわと言い、恥ずかしさが募ってこうつけ加えた。「なーんて言っても、わたし、自分の子もいないんですけどね」

女性は、今度は何も言わなかった。微笑《ほほえ》んだまま、十階で降りて行った。

――わたしってバカみたい。余計なことまで言っちゃって。

自己嫌悪に陥り、一人だけの空間で大きなため息をついた。ますますこの家族世帯の多いマンションで孤立してしまう。

スーパーで買い物をした帰りだった。今度の連休にまた宇都宮の母親が息抜きに来るという。一日目は東京に歌舞伎を観に連れてって、帰りにデパートにもつき合って、二日目は映画を観に郊外のシネコンに連れてってって、と要求が多くて細かい。低脂肪の牛乳でないと飲まないとか、朝は黒酢を欠かせないとか、飲み物にもうるさいので、スーパーでいろいろと買い込んで来た。

――せっかく、小学校のバザーに行こうと思ったのに。

ＰＴＡバザーに誘ったら、「そんな貧乏くさいバザーになんか行きたくない。デパートの食器売り場に行ったほうがいい」と断られてしまった。母親は、買いはしないが、高級品を見て回るのは大好きなのだ。あの伊万里焼のペアグラスの行方を追うことはできなくなった。

――でも仕方ないか。これも親孝行の一つなのだから。

気をとり直して、ゆう子は十一階の自宅へ向かった。ドアノブにまた回覧板が掛かっていた。

4

三日間続いたブライダルフェアは盛況のうちに幕を閉じた。阿部かなえは、重い足を引きずって、ビジネスホテルの部屋へと戻った。

金曜日から連休をつなげて三日間、大阪のホテルでのブライダルフェアに、かなえは会場をライトアップする照明インテリアの責任者として出席していた。三日間の出張は久しぶりだった。

ホテルの部屋に入ってすぐに、携帯電話が鳴った。中学二年生の娘の奈緒《なお》からメールがきたのだ。

――仕事終わった？　佐織とっくに寝たよ。

時計を見ると、もう日付けが変わろうとしている。まだ起きているのか。かなえは心配になって、ホテルの電話を使って自宅にかけた。

「ママ？」

すぐに奈緒が電話に出た。

「もう寝なさい。明日起きられなかったら困るでしょう？」

「目覚ましかけてあるから大丈夫だよ」

「ちゃんと佐織を起こせる？」

「大丈夫。前だってちゃんと起こしたでしょう？」

出張ははじめてではない。

「佐織の持ち物はチェックした？」

「大丈夫だって」

「朝は、トーストを焼いてね。牛乳も飲んで。それから、ハムと卵とキイウイも冷蔵庫にあるから」

「わかってる。いつもやってるでしょう？」

奈緒は、ちょっと怒ったような口調になった。

「いつもごめんね。あなたに頼っちゃって」

すまない気持ちが胸にこみあげて、かなえの声はか細くなる。

奈緒はまだ中学二年生。十四歳になったばかりなのだ。それなのに、母親の自分がいないときに佐織の母親がわりをさせている。

「いいんだって。ママの仕事はわかってるんだから」

奈緒は、母親を励ますように張りのある声を出して、「それより、ママ、帰ったら驚くよ」

といたずらっぽく言った。

「驚くって？」

「いいものがあるから」

「いいもの？」

何だろう。誕生日は過ぎたばかりだ。めでたく、いや、めでたくもないが、四十三歳になった。娘二人からは、心のこもったメッセージ入りのバースデーカードをもらった。

「帰ってからのお楽しみ」

奈緒は、電話では「いいもの」の正体を明かさなかった。

「ところで、N小のバザーには行った？」

佐織を連れて行くように奈緒に頼んであったのだ。

「行ったよ。楽しかったよ」

「何か食べた？」

「食べたよ。焼きそばとか綿あめとか。ゲームもいくつかやったよ」

「そう。よかった」

模擬店の焼きそばを昼食にしてね、とも頼んでおいた。

「いっぱい人が来てた？」

「うん、来てたかな」

細かな状況を説明してくれると思って待ってみたが、奈緒はその先を続けなかった。

「じゃあ、もう寝なさい。遅いから」

かなえは、電話を切った。目覚ましはかけてある、と奈緒は言ったが、かなえはモーニングコールをかけるつもりでいる。いつも一緒にいてやれない母親として、できる限りのことはしてやりたい。

——小学校のPTAバザーは、どんな感じだったのだろう。

かなえは一生懸命に想像してみたが、うまく光景を思い描けなかった。それほど、学校は遠い存在になってしまっている。授業参観、音楽会、運動会、とすべて小学校の行事は欠席続きのかなえである。最初の保護者会だけは会社を半日休んで出席したが、部長職に就いている身では、そう何度も家の用事で休むわけにはいかない。日曜日に雨が降り、平日に順延となった運動会の日は大事なプレゼンテーションの日と重なった。

ふと、脳裏に一人の女性の顔が浮かんだ。西村という女性の顔だ。知的でやさしげな顔立ちをしていた。佐織に聞いたら、西村の娘は亜紀という名前で、とても活発な子だという。

——本来なら、わたしがPTA役員をしていたはずだったのに。

もっとも、あのまま引き受けていても、名ばかりの役員で実際には何の活動もできなかっただろう。

　仕事を持ち、母子家庭のかなえのかわりに役員を買って出てくれたのが、西村だった。あとで配られたＰＴＡ総会の名簿を見たら、役員の欄に「西村弘子」と名前があった。

　バザーの準備に、バザー当日の雑用に、さぞかし彼女は忙しい思いをしたのではないか。まったくのボランティアだというのに。

「わたしでよければ、かわりにしますけど」

　あのとき、西村弘子がかわりにＰＴＡ役員を引き受けてくれて、大げさなようだが、かなえは地獄で仏に出会った気がした。自分のように離婚をして、女手一つで子供たちを育て、ＰＴＡ役員も引き受けられない女を、当たり前のように夫がいる大半の主婦は敵対視しているのだろう、と思っていたが、世の中捨てたものではないな、と見直した。

　――彼女と友達になりたい。

　そんな気持ちにも駆られたが、いきなり「友達になってください」と言ったら相手は迷惑に感じるかもしれない。あのときは、本当に自分が役員をやりたかったのかもしれないし、わたしのあまりの悲痛な形相に思わず「かわりにします」と口走ってしまって、家に帰ってから後悔したかもしれない。かなえは、子供っぽい自分の考えを笑った。

　離婚して五年になる。夫と別れたのは、まだ佐織を保育園に預けていたころだった。

福岡への単身赴任中に、かなえの夫は水商売の女性と親しい関係に陥った。かなえが責めると、夫は開き直って、「おまえが俺を単身赴任させたからだ」と責任転嫁した。

「だって、わたしに仕事があるからって、了解してたでしょう？」

当時、すでにかなえは部長職にあった。

「仕事、仕事って、女の仕事がどれほどのものだよ。男の仕事に比べたら屁みたいなものだろう」

「ひどい言い方するのね。わたしの仕事を尊重していたんじゃなかったの？」

夫とかなえとは大学の同期生で、同志のような感覚でつき合いを続けてきた。

「何だよ。均等法一期生だ、総合職だ、って偉そうに。何様のつもりだよ。男女雇用機会均等法が何だよ。採用や昇進の平等が何だよ。職場では誰もが言っている。女なんて使いものにならないとね」

酒が入っていたのか、夫の暴言はエスカレートした。

子供を二人も産んだあとでこの男の本性に気づいたのか、とかなえは情けなさに涙が出た。結婚生活に執着するつもりはなかった。

慰謝料はもらっていない。もらったのはいまのマンションだけで、残りのローンを払っているのはかなえだ。夫はその後、水商売の彼女と再婚して、仕事も変わった。養育費は最初は振り込まれていたが、転職して給料が下がったとかで、最近では支払いが滞りがちだ。何としてでも、かなえが家計を支え、子供たちを養育しなければならない。

あまりにも疲れたせいか、風呂に入っても眠気には襲われない。かなえは、冷蔵庫に用意してあった赤ワインの小瓶を開けた。ワイングラスなどないので、飲料水用のグラスで代用する。

――ワイングラス、か。

透明なワイングラスの像が二つ頭に浮かび上がった。

リーデルのボルドー・ペアグラス。

それが、自分たちの結婚披露宴の引き出物だった。

選んだのは、かなえだ。ワイン好きなかなえには、引き出物と言ったら、ワイングラスしか思い浮かばなかった。模様のないシンプルなグラスのほうが使いやすいだろう。そう思ってポピュラーなものにした。単価は高かったが、五十個、六十個、と大量に注文すれば安くなるとわかった。

――でも、あのペアグラスが離婚の原因を作った？

離婚後、何度も浮かんでしまうその愚かな考えを、かなえは笑うことで今夜も追い払う。

家族四人で住んでいたとき、週末の自宅での家族団欒《だんらん》の食卓には、必ずワインのボトルが載った。ペアグラスを並べて、夫婦で味わった。安いワインのときもあれば、ボーナスが出た日などは奮発して高いワインを置いた。

夫の単身赴任が決まったとき、「一つあっちに持って行けば?」と、かなえは夫に勧めた。ペアグラスの片方はかなえのもので、もう片方は夫のもの。そうするのが当然のように思われたのだ。

「じゃあ、持って行くよ」

夫は、かなえが割れないように厳重に梱包したリーデルのワイングラスを、福岡まで持参した。

「あの片割れ、使ってるよ。一人で寂しく飲んでるよ」

赴任後、夫はそんなふうにペアグラスの一つを呼んで、話題にした。

そんなある日、かなえが使っていたグラスが割れてしまった。ワイングラスは、きれいに洗ってきれいに磨かないとワインの味が落ちる、と言われている。ふきんでグラスについた水滴を拭《ぬぐ》い、力を入れて磨いたあとで、棚に戻すときにうっかり指から滑らせてしまったのだ。グラスは床に落ちて割れ、破片が飛び散った。

——どうしよう。仕方がない。また同じのを買うことにしよう。

電話で夫に伝える前に、夫のほうからかかってきた。重い口ぶりだった。その同じ夜、女性問題について打ち明けられたのだった。

不吉なペアグラス。割れたグラスを、かなえがそう見なしてしまったのには、理由があったのだ。夫の浮気を予告してくれたグラス、と言うべきかもしれない。

それでもワインはいまだに好きだ。一人になってからも飲んでいる。

しかし、もう、かなえの手元にペアグラスはない。

買おうか、と店の前で迷ったことは何度かあった。だが、わざわざペアグラスを何のために買うのか。物欲しげな気がして躊躇《ちゅうちょ》した。単純に飾るためか。それとも、夫にかわる、誰か〈いい人〉を探すためか。今度こそ、ペアグラスを本物の絆にしたいのか。

自分では買えない。

少量のワインで酔いが巡ってきた。早い時刻に合わせて目覚まし時計をセットし、ベッドに入った。早朝、その目覚まし時計で起き、自宅に電話をした。

奈緒は起きていた。

「こっちは大丈夫だよ。もうじき佐織を起こすよ。ハムエッグ、作ったからね。黄身がちょっと崩れちゃったけど、食べられそうだし」

母親に心配をかけまいとしてか、奈緒は、早朝でかすれてはいたが元気な声を出していた。

「本社に寄って帰るね。でも、夕食は一緒に食べられるから。ママが久しぶりにおいしいものを作るね」

5

その日は、スーパーでゆっくり買い物をしてから自宅に帰る余裕があった。二人の娘は揃ってポテトグラタンが好きである。二人のためにポテトグラタンとシーフードサラダを作ろうと決めて、かなえは自宅に向かった。自分のためにはシャブリを一本買った。

「ただいま」

中学生の奈緒は、文芸部に入っている。部活で遅くなるかと思っていたら、すでに帰宅していた。佐織にカステラを切って出して、二人でカルピスを飲みながらおやつを食べていた。母親がいなければいないなりに、自分たちの力で助け合って何とかやっているのだ。そのことにかなえは感動した。

「ママ、おみやげがあるよ」

ダイニングテーブルから佐織が弾んだ声で言った。

「おみやげ？　あるわよ」

かなえは、大阪で買ったお菓子の入った紙袋を掲げて見せた。

「違うよ。こっちがおみやげ、あるんだよ」

「こっちが？」

「ほら」

と、佐織の前に座っていた奈緒が、隣の椅子に置いてあった白っぽい包装紙の箱を持ち上げた。

「何なの？」

「誕生日プレゼント、カードだけだったでしょう？　あのときは時間がなくて、買いに行けなかったから」

「あら、誕生日プレゼントを用意してくれたの？」

思いがけない嬉しい贈り物だ。かなえは、箱を受け取った。「いいもの」とはこれか。「開けてもいいの？」

「どうぞ」と、二人の娘は声を揃え、目を輝かせる。

包装紙をはがしたが、使った形跡のある包装紙で、包み方が何か変だと感じた。

中から青い箱が現れた。固い箱で立派なものだ。

蓋を開ける。色鮮やかな陶器のワイングラスが二つ並んでいた。

まったく同一のものが二つ。ペアグラスだ。

「どうしたの？　これ」

かなえは、ペアグラスから視線を娘たちへ戻した。

「だから、誕生日プレゼントだって。ママ、ほしがってたでしょう？」と、奈緒。

「高かったでしょう？　これ、伊万里焼じゃないかしら」

「何焼きとかそういうの、わからないけど、高くなかったよ」と、佐織。

「伊万里焼のペアグラスが安いわけないじゃない」

かなえは、嬉しいくせに何だかつっかかるような口調で返していた。

「そんなに高いわけないでしょう？」

と、奈緒が呆れたように言い返す。「だって、これ、小学校のバザーのだよ」

「バザー？」

そうか、ＰＴＡバザーがあったのだった。

「朝早くからお姉ちゃんと並んでたんだよ。ワイングラスがあればいいね、って話しながら」

「真っ先に食器コーナーに行って、見つけたんだ。よかった、あって」

と、奈緒が妹の言葉を引き取る。

「いくらだったの？」

「いくらだったと思う?」と、佐織が楽しそうに聞く。

「千円?　二千円?」

金色の縁取りがあり、模様に何色も使われている伊万里焼だ。安くはないだろう。普通に店で買っても、ペアで五千円から一万円はするだろう。

「五百円だよ」と、佐織が得意げに答える。「お姉ちゃんとおこづかい出し合って買えたんだよ」

「そうだったの。ありがとう」

かなえの胸に熱いものがこみあげた。

ペアグラスを取り出し、テーブルに並べてみた。シンプルなワイングラスもいいが、これはこれで豪華で素敵だ。

——誰と飲もうか。

一緒に飲む男はいない。だけど、一緒に飲みたい仲間ならいる。

片方をテーブルの右端に、もう片方を左端にそっと置いてみる。

彼女と彼女。二人を招いて飲んでみたい。

——一人で子供を育てながら仕事をしているわたしに理解を示し、PTA役員をかわってくれたやさしい彼女、西村弘子さん。エレベーターでよその子を遠慮なく叱りつけた気骨のある十一階の彼女。今度、顔を合わせたら名前を聞いてみよう。

友達になりたい同年代の女性二人だ。

——いつか、ここに彼女たちを呼べたら。

そして、三人でおしゃべりしながらワインを飲めたら、さぞかし楽しいひとときを過ごせることだろう。

かなえは、ペアグラスを交互に見てから娘たちに微笑みかけた。

星の見える家

1

——あなたの住む町を全国的にＰＲしてください。

町の観光協会に原稿を頼まれたのだけど、何を書いていいのやら。

「原稿なんか書いたことありません」

そう断ろうとしたら、

「何でもいいです。とにかく書いてみてください。そしたら、こちらで推敲《すいこう》するなり、いろいろとアドバイスしますから」

と、頭がきれいに禿《は》げ上がった、好々爺《こうこうや》といった感じの観光協会の役員さんに笑顔で返された。

「あなたみたいに若い人は貴重なんです。その上、あなたみたいにきれいな女性は。ぜひ書いてみて」

おだてられて書く気にはなった。だけど、若いといってもわたしは三十五歳。この町では異色の存在かもしれない。この町では、三十歳過ぎて一人でいる女性は肩身が狭いから。もっとも、一人娘で結婚したらこの町を出て行かなくちゃいけないとか、そしたら、お墓は誰が守るのかとか、長女でお店を継がなくちゃいけない、そのために養子をもらわなくちゃ、とかいう事情のある女性はなかなか結婚できない。

わたしも似たようなものかもしれない。でも、ちょっと違うかしら。

それで、とりあえず、日記みたいに気の向くままに好き勝手に文章を書き綴ってみることにした。

書くことは気持ちを落ち着かせることにもつながる。いまのわたしは、気持ちを落ち着かせる必要があるのかもしれない。確かに興奮ぎみだからだ。書くだけ書いて、最後に破り捨ててもいい。いままでもそうやって思うがままに日記を書き綴った夜はある。書いてはみたけれど、そのページを破って焼き捨てた夜もある。なぜなら、誰にも読まれたくないから。

――わたしが住んでいるのは、信州安曇野《あづみの》のMという小さな町です。晴れた夜には、手が届きそうなほど近くに星が見えます。

と、書き出してみたものの、やっぱり違和感は拭《ぬぐ》えない。

「定年退職を迎える世代の人たちに向けて、このM町がいかに住みやすいかを、あなたなりに訴えてほしい」

そう注文をつけられたからだった。夫が定年退職を迎えたあと、都会を離れて自然豊かな田舎に移住する夫婦が増えているのだという。そういう人たちに田舎暮らしをする上での心構えや生活の基本などを教える本が、本屋にはいっぱい置いてあるのだとか。

しかし、である。いわゆる団塊の世代とはほど遠いわたしに原稿を頼むなんて、人選が間違っているのではないか。

団塊の世代といえば、わたしの両親の世代だろう。生きていれば、父も母もそう呼ばれたはずだ。

――なぜ、若いあなたが、一人になってまで、このM町にそんなに執着しているのか。ここにとどまろうとするのか。

わたしに原稿を依頼してきたのは、その理由を知りたいからに違いない。それはわかっている。

彼らは思っているだろう。わたしがそれほどまでにこの町を愛しているのだと。

そう、わたしはたった一人で星の見えるこの家に住んでいる。かつては人を泊めるのが目的だった広い家に。当時は、「ペンション満天」という名前だった。

まず弟がこの家を出て、次に母がこの家を捨てた。そして、父がこの町で死に、わたしは一人ぼっちになった。

それでも、この町に、この家に、住み続けている。もう何年間もペンションとしての機能を果たしていないこの家に。

2

弟の弘樹《ひろき》がわたしを説得しに来たのは、半年前だった。

「姉ちゃん、オレ、シンガポールに転勤になったんだ」

「そう、よかったじゃない。いちおう栄転でしょう？」

弘樹のように大手の商社に好んで就職した者は、海外勤務を経験するのが当然と考えているはずだ。

「で、家族はどうするの？」

「みんなで行くつもりだよ。晃《あきら》もあっちの日本人学校に入れてさ」

「美絵《みえ》さんの反応は？」

わたしと二歳違いの弘樹は、入社して四年目に社内結婚したのだった。美絵さんは小柄で細い身体つきだが、なかなかどうして気の強い女性だ。美絵さんの実家は千葉市内にあり、うちと違って両親は健在である。

「彼女は海外駐在ってのを経験したかったみたいでさ、どちらかというと喜んでいるよ」

「ああ見えて、どんな環境にも順応できるたくましい人だものね」

「まあね」

皮肉に聞こえなかったのかしら、と思ったが、弘樹は意に介さなかったらしい。

「それでさ、姉ちゃん」

弘樹は、部屋の隅にある薪ストーブをちらりと見てから視線をわたしに戻した。その目には哀れむような光が宿っていた。

「日本を離れたら三年は戻って来られないかもしれない。姉ちゃんもこのへんで、思いきってここを手放したらどうかな。これだけの建物を維持するのも大変だろ？　手入れだってしなくちゃいけないし、冬は雪かきもするだろ？」

「表の通りは町でかいてくれるわ」

「敷地内は？」

「それは、わたしがやってるけど」

「いつまでも続けられるものじゃないよ。一人で住むには、都会のマンションのほうがはるかに便利だと思うよ」

「わたしのことは気にしないで」

「そうはいかないよ」

「たった一人の肉親だから？　海外赴任中に姉のわたしがここでぽっくり死んだりしたら困

る？　美絵さんに何か言われた？」

「オレ一人の考えだよ」

と、弘樹は顔を紅潮させる。

「心配しないで。わたしはここが好きなの。パパが死んだとき、ちゃんと話し合ったじゃないの。ペンションのほうは廃業届を出して、この家や土地のことも法律的にきちんとした。あんたもそれで承知したでしょう？」

「でも、女一人で生きていくのは大変だよ。いまはまだ若いから何とかなるけど、この先……」

「誰でも年を取るものなの。年を取ってから自立する人だっているわ。あんたも見ればわかるでしょう？　細々とだけど、こうしてパンを焼いて何とか暮らしていけてるの」

わたしは、奥の厨房を振り返って言った。一人暮らしには充分すぎるほど設備の整った厨房だが、パンを売って生計を立てるには必要不可欠な機能だ。裏の畑で採れたかぼちゃや玉ねぎやにんじんやほうれん草などの新鮮な野菜を生地に練り込んだパンが評判を呼んで、わざわざ車を飛ばして遠くから買いに来てくれる客もいる。

「ペンション満天」は、父親の死後、「ベーカリー満天」に名を変えた。わたしは一階の食堂だったところを改装して、手作りのパンを売るスペースを作った。

「おいしい野菜パンを食べながらお茶も飲みたいな。喫茶コーナーも作ったらどう？」
と勧めた人もいたが、そうすると人手が足りなくなるので、パンを焼いて売るだけの場所を提供し続けている。パンを焼いて売るだけで精一杯だ。野菜は畑で採れるし、「家で作ったお米よ。食べて」と、定期的に持って来てくれる人もいるし、ここにいれば女一人くらい自給自足に近い生活形態で何とか食べていかれる。

よほど親しい関係の人が来たら、コーヒー一杯くらいいれておしゃべりを楽しみたいとは思う。が、親友と呼べる関係の同世代の女性はなかなか見つからない。中学、高校時代に仲の良かった友達は、結婚してこの町を出て行ってしまった。それに、いまは、店は別として、あまり他人を家に入れたくない気分なのだ。

地域の子供たちは、テストの前などに親と一緒にパンを買いに来ては、「これで算数のテストは百点だ」なんておどけている。店名の「満天」を「満点」にかけているのだろう。そんな姿を見ると、子供って可愛いなあ、とは感じる。だけど、ほしいとまでは思わない。

子供のことを考えていたそのとき、「姉ちゃんもうかうかしていると子供が産めない年齢になるぞ」と、弘樹に脅されたっけ。

「わたしは、家族なんていらないの」

いちばん最初に家族を捨てた弟に言い返すと、さすがに気まずくなったのか、彼は口をつぐんだ。

頑固な姉を説得するのは無理だと悟ったのだろう。弟は「じゃあ、元気で」と諦《あきら》めた顔で言って、玄関先で背中を見せた。が、振り返り、「薪ストーブは使った？」と、眉をひそめて聞いた。

「使うわけないじゃない。もう春よ」

「そういう意味じゃなくてさ、この冬使ったか、と聞いたんだよ」

「使わないわよ。一人きりだと、薪ストーブなんて大げさすぎて不経済だし、大体、肝心の薪割りする人がいないもの。ファンヒーターで充分だったわ」

わたしは、肩をすくめて答えた。灯油の値段が上がったこの冬は、光熱費を節約するために、アコーディオンカーテンや衝立《ついたて》で間仕切りをして、居住空間だけ暖めていた。中二階と二階にそれぞれ三つずつある客室へは、ときどき風を通すために入っているが、そこに人を泊めることはしない。ベッドこそ片付けてはいないものの、ふとんやシーツやリネン類は、かびが生えないようにきっちり収納してある。

「本当に駅まで送らなくていいの？」

来るときはタクシーを使ったが帰りは歩く、と言い張る弟にわたしは確認した。

「景色を見ながら歩きたいんだ」

弘樹はそう答え、「あんまり来ることはないからね」とつけ加えた。

小、中学校時代を過ごした安曇野を、彼なりに少しは懐かしんでいるのだろう。だけど、とわたしは心の中で弟の背中に言った。できれば、あんまりなんて言わず、二度と来ないでほしい。

3

「ペンション満天」は、もともとは弟の弘樹のために建てられたものだった。わたしが小学五年生で、弟が三年生のときだ。

弘樹は、生まれつき肺機能が弱かった。小児ぜんそくがひどく、幼いころの弘樹の思い出といえば、ぜいぜい咳き込んでベッドに寝ている姿だけだ。姉ならば病弱な弟を不憫《ふびん》に思うのが普通だろうけど、二つ違いのわたしにはかわいそうという感情は生まれず、何だか憎たらしい存在に思えた。だって、いつも母親の愛情を独り占めしていたから。

「ヒロちゃん、大丈夫？」

「まあ、かわいそうにねえ」

「ママがそばにいるから安心して眠りなさい」

ママは、弘樹に対してはつねに猫なで声で接していた。その反動みたいに、わたしにはきつい言葉で「早く片付けちゃいなさい」「早くやっちゃいなさい」などと、急《せ》かしてばかりいた。弟の体力の半分を吸い取ってしまったんじゃないか、と思われるほどわたしは丈夫に生まれ、運動神経もよかった。体格がいいのはパパ譲りで、弘樹のほうは顔立ちも身体つきもママに似ていた。それで、ママは、病弱というのを差し引いても弘樹が可愛かったのかもしれない。

弘樹は、学校の行事にまともに参加したことはなかった。体育の授業も半分は見学で、運動会も見学席にいて、遠足の日は休んで家にいた。

わたしはといえば、学校は皆勤だ。わたしの遠足の前夜、弘樹はひどい発作を起こした。わたしは隣の部屋でふとんをかぶっていたものの、パパやママがあたふたしている様子が目に浮かんだ。吸入器を使っても発作はおさまらないみたいで、ママがわたしの部屋に駆け込んで来た。

「これからヒロちゃんを病院に連れて行くから、そのあいだ一人で留守番しててね」

夜間の運転は不安だと言って、ママはパパの運転で救急病院に向かうことにしたのだった。

真夜中の留守番。どんなに心細かったことか。知らない人が来たらどうしよう。近所の家が火事になったらどうしよう。そんな環境の中でぐうぐう眠れるほどわたしは神経がず太くはなかった。つまり、朝まで一睡もできなかったのである。

弘樹は結局、そのまま入院する事態になった。

早朝、お弁当を作るためだけにママは帰宅したが、料理が得意のママにしては珍しく手抜きの内容だった。わたしは少しも眠れなかったと訴えると同時に、お弁当の中身にも文句をつけた。

「寝不足くらい何よ。ヒロちゃんのつらさを想像してみなさい」

ママは、怖い顔をしてはねのけた。

睡眠不足のまま行った遠足だったが、それでも身体が丈夫なわたしは、体調を崩しもしない。自分の頑強さを恨んだ。身体が弱かったら、ママだって少しはわたしの心配もしてくれただろうに。

そんな騒動があった数日後、その話をわたしに切り出したのは、ママではなくパパだった。

「佳代子《かよこ》、いまの学校に友達はいるか？」

「いるよ」

どうしてそんな質問をパパが急にしたのか、真意を探る頭もなく、わたしは無邪気に答え、友達の名前をいっぱい挙げた。

「みんなとずっと一緒にいたいか？」

「どうして？」

二つ目の質問で、おかしい、と気づいた。

「ママとも話し合ったんだけどな、弘樹のぜんそくのことはおまえも知っているだろ？　ここは車が多いし、工場も近くにあって空気が汚れている。このままだとますます弘樹は苦しむことになる。もっと空気のきれいなところに引っ越そうか、という話が出てるんだ」

「空気のきれいなところ？　遠いの？」

都会から相当離れなければ澄んだ空気は得られない、と小学生でも知っていた。

「近くはないな。違う小学校に通わなくちゃいけないし、いまの友達とも別れなくちゃいけない」

いまのクラスも先生もみんな大好きだ。ママから切り出されていたら、即座に「そんなの嫌だ。弘樹のせいで転校するなんて」と、泣き叫んでいたかもしれない。だが、パパの穏やかさがわたしの興奮を鎮《しず》めた。

「佳代子、星は好きだろ？」

黙っていると、パパが質問を転じた。

「えっ？　プラネタリウムに連れてってくれるの？」

いつだったか、パパは休みの日にわたしを連れ出し、渋谷のビルの中にあるプラネタリウムを見せてくれた。わたしはその美しさに魅せられて、その後、何度も「また連れてって」とせがんだ。だが、パパは仕事で忙しく、たまの休日にも会社のつき合いの用事が入ったりして、わたしのために割く時間など捻出できなかったのだ。娘のご機嫌を取るための作戦かと思っていたら、

「天然のプラネタリウムが見られるところだよ」

と、パパは相変わらず穏やかな口調で言葉を継いだ。「晴れた夜には、空いっぱいに星がまたたいて、そりゃきれいだぞ」

「どこなの？　それ」

「長野県だよ。安曇野と呼ばれているところだ」

信州の安曇野。わたしは地図で確認し、本屋に行ってガイドブックで確認した。

「天然のプラネタリウム」につられて、わたしは都会を離れることに同意したのかもしれない。

空気のきれいなM町に引っ越すには、準備期間が必要だった。なぜなら、移住するためにはパパは新しい仕事を見つけなければならなかったからだ。

——M町でペンションを経営する。

それが、パパとママが出した結論だった。パパは、「いつか子供たちが大きくなり、自分

が定年退職したら、ママと二人で田舎に住みたい」と考えていたというし、パン作りやお菓子作りが得意なママは、どこかで自分の腕を発揮したいと考えていたという。ペンションを開くのに必要な知識と技術を得てから、わが家はM町に移住した。費用面に関しては子供のわたしにはよくわからなかったけれど、パパのさほど多くはない退職金のほかに、都会の家を売って作ったのだと見当がついた。反対する親族がいなかったので、すんなり移住できたのかもしれない。パパもママも、わたしが生まれるまでに両親を失っていた。パパは一人っ子で、ママのほうには独身のお姉さんが一人いただけだった。

ペンションの名前をつけたのは、このわたしである。「どんな名前がいい？」とパパに聞かれ、迷わず答えた「満天」というネーミングに、ママは「何だかラーメン屋さんみたいな響きね」と笑いながらも、反対はしなかった。

空いっぱいの星。満天の星。だから、満天。それ以外の名前は浮かばない。

わたしがつけた名前。それでよけいこの家に愛着がわくのだろうか。わたし以外の家族がいなくなり、一人でパン屋を営むようになっても、手放す気など少しもないのだ。

パパの言葉に偽りはなかった。

M町の星空は絵に描いたみたいに美しく、私は毎晩飽くことなく夜空を眺めた。流れ星も何度も見た。そのたびに、〈弘樹がよくなりますように〉と急いで祈った。そう、M町に引っ越してからのわたしには思いやりの気持ちを抱く余裕も生まれていたのだった。

満天の星のおかげだろうか。わたしが流れ星に祈ったおかげだろうか。弘樹のぜんそくの発作はうそみたいに影を潜《ひそ》め、体調はめきめきとよくなった。

なかなかお客が来ない、と最初はこぼしていたパパとママだったが、「大草原の小さな家」みたいな家族構成がおもしろがられたのか、パパが作る腸詰めとママが作るパンがおいしいと口コミで広まって、だんだんとお客が集まるようになっていった。スキーシーズンだけに限らず、四季折々の自然が楽しめる場所にペンションを建てたのも成功した要因だったのかもしれない。

「よかった。わたしたちの決断は間違ってなかったのね」

「そうだな」

厨房の横にある、家族だけが集まるこぢんまりした居間で、夜中にパパとママがそう言い合って涙を流している姿を廊下から見て、わたしは幸せで胸が満ちあふれるのを感じた。

――大きくなったら、ママみたいにおいしいパンが焼けるようになりたい。

――いつかは、この「ペンション満天」を支えられるようになりたい。

夏休みや春休みなどの長い休みにだけ集中的にペンションの手伝いをする生活を、わたしは物足りなく思っていた。ママはパンのおいしい焼き方を教えてくれたけど、「いまは勉強する時期だから」と、わたしに学校の勉強を優先させて、時間をかけて熱心に教えてくれたりはしなかった。だからこそ、早く大人になりたかった。ずっとずっと、この星の見える家で暮らしたいと望んだ。

4

しかし、新しい地では想定外のできごとも起きた。

わたしは小学校時代から自他ともに認める勉強嫌いだったが、体調がよくなった弘樹のほうは恐ろしく成績が伸びた。生まれつき病弱で外に出る機会が少なかったせいか、家の中で本を読んで過ごすのが好きな子ではあった。百科事典や辞書などを丸暗記するような子だったのだ。わたしと同じ中学校に進んでからの弘樹は、自分の部屋でわたしには理解できないようなラジオの教養番組などを聞いていた。

当然のように成績は学年トップで、三年生のわたしは「できのいい弟を持って不幸だな」などと先生に嫌みを言われたものだ。弘樹の優秀さは群を抜いていた。信州の田舎町では目立ってしょうがないほどに。

そんな息子の姿を見て、欲を出したのはママだった。休みの日に弘樹を東京まで連れて行き、進学塾が主催する模擬試験を受けさせた。全国規模の模試だったが、なんと弘樹の名前が成績優秀者として冊子に載ったのである。全国四位。驚異的な順位だ。結果を見て弘樹が意欲的になり、ママがますます欲を出しても不思議ではなかったと思う。

休みの日にはペンションを手伝う生活を続けながら、わたしは地元の公立高校の食物調理科に進んだ。調理技術が修得でき、卒業時には調理師免許が取得できるコースだ。勉強嫌いのわたしでも、ペンションの重要な担い手になるという目標ができたら、途端に勉強にも身が入るようになった。

「この子、東京の高校に行きたいみたいなの」

弘樹が中学三年生になったある日、ママが朝食の席で言った。わたしはパパと顔を見合わせた。驚いたのは、パパに話す前にママと弘樹のあいだで話し合いが持たれていたことだった。

弘樹が受けたいと口にした高校は、毎年東大合格者を大量に出すので有名な超進学校だった。

「どうしてもそこに通いたいんだ」

胸板は薄いが上背だけは中学生の男子なりに伸びて、もはやわたしを追い越してしまった弘樹は、自信のこもった口調で言った。そして、東大に入りたいから、そのためにもその高校を受験したいと強調した。

わたしが本格的にパン作りを学びたかったように、弘樹もライバルがひしめき合う環境の中でもっと高度な勉強がしたかったのだろう。その気持ちはわかったが、家族の一人が抜けることに漠然とした不安を覚えたわたしは、強硬に反対した。

「弘樹、あんたはこのM町のおかげでそんなに元気になったんじゃない。東京に戻ったら、また体調が悪くなるかもしれないよ」

「東京に行ったときに検査を受けてみたのよ。そしたら、肺機能はもう問題がないようなの。成長すれば体質が変わることだってよくあるのよ」

ママは弘樹を応援するのに一生懸命で、黙っていたパパに向かって、「それぞれの子の個性、能力の違いってあるでしょう？　佳代子の場合はここの環境がぴったり合ってるけど、ヒロちゃんは違うの。この子の才能はここでは伸ばせないのよ。ぜんそくさえ治れば、都会のほうが性に合ってる子なのよ」と言った。

その瞬間、母親という存在がひどく遠くなったようにわたしには思えた。パパとわたし、ママと弘樹。一つの家族が二つに分断された気がしたのだ。そして、その予感ははずれてはいなかった。

5

当時、ママのお姉さん、つまりわたしの伯母さんが一人で都内のマンションに住んでいた。ママは伯母さんについて、「生涯、独身を貫くでしょうね。変わっている人だから他人とは一緒に住めないのよ」と語っていた。だから、そんな伯母さんが「ヒロちゃんを下宿させてあげてもいいわよ」と言ったと聞いて、わたしはひどくびっくりした。

弘樹は志望していた超難関高校に見事合格し、上京して伯母さんの家に住まわせてもらうことになった。

「ときどきは様子を見に行ってやらないと」

そう言って、ママも定期的に上京するようになった。宿泊客のいないときを選んで上京していたので、ペンションの仕事に支障はきたさなかったが、高校を卒業し、調理師免許を取ったわたしが全面的にペンションを手伝えるような状況になると、ママの上京の回数も増した。

「姉は料理が苦手なのよ。ヒロちゃんが東大に合格するためには、食生活をおろそかにしちゃいけないの。わたしが行って、栄養バランスのいい食事を作ってあげないとね。わたしがいないときのためにレシピも置いて来ないと」

客室がそれほど多くはないペンションである。ママがいなくても、パパと二人で切り盛りはできた。パパはおいしい信州そばを打てるようになり、料理のレパートリーも増えていたし、わたしが焼くパンもママの味に近づいてきたという自信はあった。だが、華やかな美貌のママがペンション内にいないと、火が消えたみたいに寂しいのも事実だった。

「ママさん、どうしたの？　最近いないことが多いね」

そう訝《いぶか》しげに問う顔なじみのお客さんもいた。

弘樹に会いに行く回数が増えるにつれ、ママの態度に変化が現れた。「パパの作るものはおいしい」と単純に褒めていたママが、「テーブルの飾りつけや盛りつけを工夫したほうがいい」とか「料理と器のバランスがとれていない」などと厳しい批評をするようになったのだ。パパは控えめな性格で言い返すような人ではなかったけれど、ママが上京したあとに「やっぱり、パパのセンスは野暮ったいかな」と、わたしに意見を求めたりした。「そんなことないよ」と慰めると、「テーブルクロスや器にもお金をかけたいけど、予算が足りなくてな」と、苦笑しながら言うのだった。

私立高校に通う弘樹にお金がかかるのはわたしも承知していたので、ただ黙って聞いているしかなかった。

弘樹が東大に合格した年の夏だった。ママは春から一度しかペンションに帰って来なかった。弘樹の合格祝いも延び延びになっていた。

毎年同じ時期に訪れる老夫婦が一週間滞在して帰ったあと、パパが食堂の一角でビールを飲みながら、厨房のわたしへカウンター越しに言った。

「ママと離婚するかもしれない」

心のどこかでそういう事態を予感していたので、わたしは驚いた声を上げずにいた。

「佳代子、おまえも飲むか？」

パパが誘ってきた。わたしはうなずいて、グラスを持って席についた。わたしも二十一歳。パパのお酒の相手ができる年齢に達していた。

「ママに好きな人でもできたの？」

直感だった。

しかし、パパは答えなかった。

「大丈夫だよ」

わたしはパパを励ました。「いままでだって、ママがいないときのほうが多かったんだもの。パパと二人で『ペンション満天』を盛り上げていけるよ」

「そうだよな、そうだよな」

パパは、自分の胸に言い聞かせるみたいにしきりに繰り返していた。

パパとママは離婚した。ママから郵送された離婚届にパパが判を押して提出した形だ。ママは一度もペンションに帰らなかったので、ママの持ち物はそのままの形で残された。わたしは、自分が袖を通す気がないものは段ボール箱に詰めて伯母さんの家に送った。宝石やアクセサリー類などはわざと送らなかった。ほしければ自分で取りに来ればいい。

ママからはわたし宛てに手紙が一通送られてきただけだった。そこには、「あなたももう大人だからいずれわかると思いますが、男女の関係には外からはうかがい知れないものがあるのです。わたしたちの場合は、場所を変えて一緒に暮らしているうちに価値観のずれに気がついたのでしょう。あなたは自分の人生を大切にしてください」と書かれていた。

ママへの返事は書かなかった。

6

自分の直感が当たっていたのを知ったのは、それから半年後だった。町に出たついでに寄った書店で手にした雑誌のグラビアに、髪型を変えたママが見たことのない男の人と一緒に載っていたのだった。年齢を見ると、男性はママより七つも年下だった。「イタリアンレストラン特集」とあって、都内にオープンしたばかりのイタリアンレストランを取材したもののようだった。記事の細かなところまで目を通さずに、わたしはページを閉じた。ちらりと見ただけだったが、それでも、「ペンション満天」より数段おしゃれなインテリアの店だとはわかった。

ママの上京する回数が増えていったのは、ただ弘樹の世話を焼くためだけではなく、新しくできた年下の恋人に会うためだったのだ。ママもやっぱり都会が好きだったのだ、とわたしは思った。星が見える田舎のペンションよりも都会のネオンの下のこぎれいなレストランのほうが、ママには似合っていたのだろう。

一年生の春休み、弘樹は久しぶりにペンションにやって来た。家庭教師のアルバイトを始めた弘樹は、「仕送りはもういいよ。奨学金とバイト代でなんとかなるし」とパパに言った。弘樹は未成年でお酒が飲めないし、自分から話題を提供する子ではないので、食事の席でもあまり会話は弾まなかった。

その夜、パパはちょっとワインを飲み過ぎたと言って、早く寝室へ行った。わたしは、久しぶりに弟と二人で話す機会を持った。両親の離婚やママの再婚に関しても、「自分のいちばん居心地のいい場所ってあるんじゃないかな。それぞれの好きにすればいいんじゃない」と、姉のわたしとは違って冷めた見方をしていた。

「それより、伯母さんの具合が悪くってさ」

と、弘樹は顔を曇らせた。

「どうしたの？」

「末期癌らしいんだよ。もう治療法がないみたいで、いまはただ痛みを緩和してあげるだけなんだ」

弘樹の顔色を見て、いまや家族の絆よりも伯母さんとの絆のほうが強くなっているのをわたしは知った。

「伯母さんって人は、長年、ある大物政治家の愛人だったみたいなんだ。それを恥だと思っていて、ママはあまり伯母さんの話をしなかったんだよ。マンションもその人から伯母さんがもらったものらしい。伯母さんは、オレにマンションを残す気でいる。オレも伯母さんの気持ちを受け入れようと思っている。最期《さいご》を看取ってあげてね。だから、このペンションのことは姉ちゃんに任せるよ。姉ちゃんの好きにしていいよ」

そう言い置いて東京に戻って行く弟の後ろ姿を見て、〈ママも弟もこの家を捨てたのだ〉とわたしは思った。

7

　それからまもなく伯母さんは亡くなった。葬儀に行きたかったが、ちょうどグループ客の宿泊予定の日だったのでやめた。離婚とともにママの親戚との縁が切れたパパは、葬儀の話さえしなかった。

　弘樹は、伯母さんのマンションで一人暮らしを始めた。

　まるで最初からいなかったみたいにママや弘樹の話題を一切せずに、パパとわたしの二人でペンションの仕事に打ち込むだけの日々が続いた。宿泊客がいない日などは、パパが作った腸詰めとわたしが作ったパンを町のレストランや喫茶店に届けに行ったりした。そういう注文も少しずつ増えていたのだ。地元の人たちの要望に応えて、食堂を会合の場に提供することもあった。

　伯母さんの一周忌の直前だった。真夜中、いきなり東京の警察から電話があった。受けたのはわたしだった。

　刑事はママの現在の氏名と旧姓を言い、「あなたのお母さんですか？」と聞いた。「そうです」と答えると、「事件に巻き込まれて亡くなったのですが」と刑事は続けた。

胸は驚きで脈打っていたのに、わたしは「そうですか」と冷静な声を出していた。そのあと、どう受け答えしたかよく憶えていない。

事件の概要は、弘樹からの電話で確認した。ママと年下の夫が経営する小川町のイタリアンレストランに何者かが侵入し、ママが鈍器で殴られて殺されたのだという。盗まれたものはないので、強盗殺人ではないらしい。

東京から刑事が二人ペンションに来た。テレビドラマで見ていたとおりの展開になり、わたしは現実感を失った。刑事たちが即座に聞いてきたのは、事件が起きたときにわたしとパパが何をしていたか、だったからだ。宿泊客を送り出したあと、地元の人たちの会合が食堂で開かれていた。わたしたちには明白なアリバイがあったが、離婚したからといって、刑事がとりわけパパを疑うのが不思議でならなかった。疑うならパパよりわたしを疑ったほうがいい、と言いたかった。が、当たり前だがわたしは犯人なんかじゃない。だけど、ママを恨んでいた。この星の見える家、「ペンション満天」を捨てたママを恨んでいた。ママなんかこの世からいなくなっちゃえ、と思っていた。殺す動機なら充分にある。

ママの葬儀には迷うことなく欠席した。ママがこの家を捨てたように、わたしもママを永遠に捨てたのだった。

8

ママを殺した犯人はなかなか捕まらなかった。容疑者が誰かという情報もわたしたちには入ってこない。ときどき弘樹に電話してみたが、彼も「まったくわからない」と言う。ママの再婚相手とは最初から交流がないので、彼の側から情報を得る術《すべ》はない。

ママが死んでから、パパの元気がなくなったようにわたしには感じられた。口数が少なくなり、客が帰ったあとなどは必ず厨房の隅で大きなため息をつく。内側にためこんでいるストレスを発散させるためなのか、もう充分すぎるほどストックがあるというのに暇なときは裏庭に出て薪割りをした。M町でペンションを始めると決めたとき、薪ストーブを設置しようと言い出したのは、死んだママだった。薪ストーブは宿泊客に人気があり、薪ストーブを使う季節を選んで泊まりに来る客もいた。

大学を卒業して、一流商社に就職していた弘樹が、「結婚したい人がいる」と、美絵さんをペンションに連れて来た翌日だった。

二人が東京に帰ったあと、パパがいつもより大きなため息をついていたので、「パパ、弘樹も一人前になって少しは肩の荷が下りた気分？」と、わたしは笑いながら話しかけてみた。

すると、「佳代子、おまえはいくつになった？」と、パパは妙に真剣な表情で改めて年齢を聞いてきた。

「二十八じゃないの。忘れたの？　娘の年を」

「そうか、二十八か。おまえもそろそろ将来のことを考えないとな」

「将来のことって、何よ。わたしはずっとここにいるわよ」

「だけど、年頃だしな」

「結婚のことを言ってるの？　わたしは一人で大丈夫よ。パパのそばにいて、ずっとこの『ペンション満天』を続けていくつもりだから」

「そうは言ってもなあ……」

パパは何か言いたそうだったが、言葉を切ってかぶりを振った。

「だから、パパもしっかりして。健康に気をつけてくれなくちゃ困るよ。パパに倒れられたりしたら、わたし、どうしたらいいか。そのためにも健康診断を受けてよね」

会社員時代は定期的に健康診断を受けていたのに、ここ何年かは病院にも行っていない父である。何度も検査を勧めたが、「病院は嫌いなんだ」のひとことで済まされてしまっていた。

「そうだな。健康でいなくちゃな。じゃあ、健康のために早朝の散歩を始めるとするか」

パパが前向きな姿勢を見せたので、わたしは早速、早朝の散歩コースを考えた。お客さんにてんぷら料理として出すために、季節の山菜などを見て回ったりするのも仕事の一つだ。やがて、散歩の習慣が生活に根づいて、パパのウエストも少しは細くなった。

散歩を始めてから一年目のある日の早朝、パンが焼き上がってもパパが帰宅しない。不安に襲われたわたしは、パパを捜しに表に出た。わたしが作った散歩コースを回ったが、パパは見つからない。そんなはずはないだろうと思ったが、林の中の駅へ通じる細い道に入ってみた。そこで道端に倒れているパパを発見したのだった。

パパの死に事件性はなく、心臓発作を起こしての病死と判断された。心臓の検査を強制的に受けさせればよかった、と悔やんだが遅い。

パパの葬儀が終わり、弘樹とお腹の大きい美絵さんが東京に戻って一人になると、わたしの頭にその恐ろしい考えが浮かんできた。

――パパはあの朝、東京へ行こうと思い立ったのではないか。それで、足が駅に向いたとしたら。何のために？　一人でこっそりとママの供養をするために。

考えすぎだろうか。もしわたしの推理が当たっていたのなら、わたしはパパにも裏切られたことになる。定年退職後にママと二人、田舎暮らしをするのが夢だったパパである。それだけ深くママを愛していたのではないか。

弟が最初にこの家を出て、次にママがこの家を捨てて、最後に父もこの家から去ろうとした。

そんなはずはない、と打ち消そうとすればするほど、それが真実のように思われてならなくなった。

9

パパの死後もわたしはこの家に住み続けている。人を泊めるのをやめたのは前に書いたとおりだけど、パパの死亡保険金を使って食堂を改装し、パンを焼いて生計を立てている。

星の見えるこの家には、不思議と動物が迷い込んだ。

最初は、メジロだった。庭の芝生の上に羽根を傷つけたメジロが横たわっているのを見つけて、タオルにくるんで家に運んだ。傷の手当てをしてやり、自力で飛べるようになったころ、窓から外に放した。

次は猫だった。毛並みが白く顔の一部と耳が黒い雌猫。エサをほしそうにしていたので夕食の残りを皿に入れたら、一気にたいらげ、皿までぺろぺろとなめた。一週間ほど家のまわりにいたが、そのうち姿が見えなくなった。それっきり現れない。野良猫ではなく、別荘族の飼い猫か何かで、飼い主が都会に連れ帰ったのかもしれない。

最後は、人間の男だった。

安曇野にそろそろ初雪が降ろうかという季節を迎えていた。焼き上がったパンを棚に並び終えて、ふと食堂の窓を見ると、男がのぞきこんでいた。わたしは気持ちを落ち着けて、

「営業はまだですけど」と、窓を開けて男に言った。

「パンをいただけませんか？」

と、デイパックを背負ってヒッチハイカーみたいな格好をした男はかすれた声で言った。わたしと同年代か、少し上に見えた。焼き立ての香ばしいパンの匂いが彼を誘ったらしい。

「これでよければどうぞ」

わたしは、売り物にする予定ではなかった、その朝自分が食べる分のパンをひと塊、男に差し出した。それは、「ベーカリー満天」のいちばんの売れ筋の玉ねぎを生地に練り込んだものだった。バターなど塗らずにそのまま食べるのがいちばんおいしい。

男は、飢えた狼みたいにむしゃむしゃと食べた。

窓を閉めたわたしは、カーテンも閉めて食堂で息を潜めていた。

しばらくたってカーテンを開けて驚いた。男が庭先に倒れている。まさか、わたしが焼いたパンにあたったわけではあるまい。だけど、もしそうだったら……。

「大丈夫ですか？」

わたしは表に飛び出すと、男に駆け寄り、声をかけた。

反応はなかった。男の額に手を当ててみてハッとした。ひどく熱い。

「大丈夫ですか？　熱がありますね」

大声で呼びかけると、男は小さくうなった。男を抱き起こし、肩を支えて時間をかけて家に運び入れると、中二階の客室のベッドに寝かせた。氷枕と羽毛ぶとんを用意し、久しぶりに部屋の暖房もつけた。

男の熱が下がったのは、翌日の夕方だった。そのあいだ、わたしは何度か彼の部屋にスポーツ飲料やおかゆを届けていた。

元気になった男は、頭をかきながら一階に降りて来た。

「すみません。すっかりお世話になってしまって」

食堂のテーブルに座り、わたしがいれたコーヒーを前に飲もうかどうか男は躊躇している。

「どうぞ」

すると、男はコーヒーをおいしそうにひと口飲み、顔を上げた。

「いま持ち合わせがなくて」

「いいんですよ」

そんな気がしていたので、わたしは笑顔で言った。「ここはもうペンションじゃないんです。人を泊めることを仕事にしているわけじゃないので」

「でも、それでは気が済みません」

と、男は硬い口調で言った。「せめて、何かお礼に自分にできることがあれば……」

男の日焼けした顔と、初冬だというのにジャケットの下に着た半袖のTシャツから伸びた二本の腕を見て、わたしは閃《ひらめ》いた。

「じゃあ、薪割りをお願いできません？」

「薪割り？　それでよければ」

男は、はにかんだような笑顔を見せた。

わたしは男を裏庭に連れて行き、薪割り用の斧を渡した。怖くなかったといえばうそになる。だが、わたしは自分に賭けていた。自分の運に。

男は黙々と薪を二つに割っていく。使い込んだ斧を振り上げた腕に艶のある筋肉が盛り上がっている。引き締まった強靭そうな肉体。どこか若いころのパパに似ている。そんな屈強そうな肉体の持ち主が小さい子供みたいに熱に浮かされていた。そのギャップがおかしくて、わたしは吹き出してしまった。

「どうしました？　変ですか？」

男は、薪割りの手を止めた。

「いいえ、別に」

わたしは、あわてて手を左右に振った。「どうぞ、お願いします。この冬は薪ストーブを使おうと思っているんです」

――こんな人と二人でペンションを経営していけたら。

わたしはきっと、熱っぽい目で男を見つめていたに違いない。

10

肩の力がガクンと抜けた衝撃で、佳代子は目を覚ました。握っていたボールペンを床に落としてしまったようだ。原稿を書いているうちに眠気に襲われたらしい。時計を見る。いけない。もう眠ってなどいられない。仕込みをしなければいけない時間だ。

佳代子は書きかけの原稿を裏返しにして、かつて家族の居間として使っていた厨房の横の自分の部屋から、かつて宿泊客が集まる場として使っていた薪ストーブのある部屋へ行った。

日記のように書き綴った原稿は、あのままでは使えない。とても観光協会に見せられる内容ではない。破り捨てるしかないだろう。しかし、なぜ自分がこの地に、この家に執着しているか、その理由は書くことで明確になった。

ペンションの機能をなくして何年もたつ家。

だが、ここにたった一人泊まり客がいる。いや、客とは呼べないかもしれない。宿泊料はもらっていないからだ。

佳代子は、地下へ通じる階段へ足を向けた。が、降りはしなかった。佳代子の父親が腸詰めを作っていた部屋だ。したがって、いまだに動物の蛋白質の独特の匂いがする。

メジロも猫も、怪我が治り、空腹が満たされたあとは出て行ってしまった。が、男は違う。出て行かない。

あの日、薪割りを終えた男に佳代子はやさしい声で言ってみた。「好きなだけここにいてもいいんですよ」と。

「でも、自分には宿泊料を払えないから」

男は、いちおう遠慮した。

「客室でなければいいでしょう？　空《あ》いている部屋があります。……地下室に」

「地下室ですか。……そこならいまの自分にふさわしいかもしれません」

男は、なぜ地下室が自分にふさわしい住まいなのか、理由は述べなかった。

それから男はここに住み着いている。目立たないように、外部には知られないように。このあいだのシーズンにはうっかり薪ストーブを使ってしまったが、今後はもう使うことはできない。弘樹は海外赴任になった。誰かに男の姿を目撃されたとしても、「あれは弟です」とごまかすことはもうできない。

——気を緩めてはいけない。

油断してはいけない、と佳代子は気持ちを引き締めた。

男がここに迷い込んで来た日、熱を出してうわごとを言っていた男の持ち物を、佳代子は黙って点検した。その中に手帳が入っていた。何も記入されていなかったが、五年分のカレンダーが印刷された中に、赤い丸印がつけられた日付けがあった。

忘れもしない。彼女の母親が殺された事件が公訴時効を迎えるはずの日だった。

男の素性を探るのはやめた。母を殺したのが男だとしたら、それはそれでいい。佳代子自身、母を殺したいほど憎んでいたのだから。男が犯人だとして、なぜ母を殺したのか。なぜここにやって来たのか。その理由は知らなくてもいい。母の新しい夫に恨みを持っていてレストランに侵入し、母に見つかって殺してしまったのかもしれないし、その後、母のことを調べて、以前住んでいたここに様子を見に来たのかもしれない。

警察に疑いをかけられているのか、追われているのか、精神的な安定を得るために時効までこうして一人で逃れていたいだけなのかどうか、事情はよくわからない。だが、そんなことはどうでもいい。彼を愛してしまった。それがすべてだ。彼と一緒であれば、この星の見えるペンションを続けていける。彼だけはわたしを裏切らないであろう、と佳代子は信じている。

「ペンション満天」を再建すること。それが佳代子の夢だからだ。

被害者の娘の家に犯人がひっそりと身を隠しているなどとは、警察は想像だにしないだろう。これ以上安全な隠れ家はない。

晴れて時効が成立したあとは、「ペンション満天」の営業を再開する予定でいる。

佳代子は、その日を心待ちにしていた。

足元の薄暗い空間で、ごそりと音がした。地下だけにいると息が詰まる。彼はときどき階上にやって来る。半年前、いきなり弟が現れたときは驚いたが、地下の住人の存在には気づかれずに済んだ。

空だけではない。「ペンション満天」の地下にも無数の星が光り輝いている。

二度とふたたび

はじめて入った店だった。それで、自分を透明人間のように錯覚してしまったのかもしれない。行きつけのスーパーであれば、レジを打つパートの女性たちや鮮魚コーナーで声を張り上げる男性店員の顔にも見憶えがある。こちらが知っているということは、相手もこちらの顔を知っているということだ。当然、警戒心は起こる。

警戒心が緩んでいただけではなかった。その日は、史子《ふみこ》にとって最悪の日だった。むしゃくしゃした気分をどこにぶつけていいのかわからず、うつろな視線をこうこうと明るい店内にさまよわせていた。

1

頭の中に昨日観たテレビの映像が流れている。「日本各地のお嬢さま巡り」という企画で、バラエティ番組で人気のタレントがレポーター役を務め、資産家の令嬢を訪ね歩くのだ。昨日は名古屋が舞台だった。父親がオフィス街にいくつもビルを持っているという女子大生は、ブランド品に身を包み、茶色に染めた髪を人形のようにカールさせていた。「おこづかいは？」と質問されて、「そんなの決まっていません。好きなときに好きなだけ使います」と答えていた。デパートへ出向かなくとも、デパートの外商が彼女の家にやって来る。一度に百万円単位の買い物はざらだという。

「格差社会」という言葉が史子の脳裏に浮かんで消えた。富める者はどこまでも富み、貧する者はどこまでも貧する。マスコミが「勝ち組」と「負け組」と名づけたのは、いつのことだったか。

史子は、間違いなく後者である。

三か月前に史子が勤めていた旅行会社は倒産した。社員が十人足らずの小さな会社だったが、ユニークな企画を立てることで評判を呼び、そこそこ業績はよかった。ところが、社長がツアー代金を持ち逃げして行方をくらまし、新聞やテレビでニュースになって、あっというまに会社は潰れてしまった。

大学を卒業して大手の旅行会社に就職したものの、自分の出した企画が一度も通らずふて腐れていたときに、求人雑誌で力を発揮できそうな会社を見つけた。思いきって転職したところ、以前より給料は落ちたが、〈このままずっと続けていきたい〉と思うほどに仕事は楽しかった。

それなのに、一瞬にして天職とも言えるその仕事を失い、史子は途方に暮れた。しばらくは、路頭に迷わされた格好の同僚たちと一緒に何とか会社を続けられないか奔走してみたが、家族を養う立場にある男性社員たちは次々とコネを使って新しい職場を見つけていった。中には、これを機会に実家の家業を継ぐことに決めた者や、ためらっていた結婚に踏み切ってしまった者もいた。

史子だけが次の職場が決まらずにいた。三十六歳。バツイチ。東京での一人暮らし。福島の実家には帰れない事情がある。

——うちの敷居は二度とまたがせん。

郷里を思うとき、怒気を含んだ父の時代がかったセリフが鼓膜によみがえる。

ワンルームマンションの家賃に駐車場代、とお金は飛ぶように消えていく。失業保険が切れる前に次の仕事を決めなければならないが、正社員として条件の見合う仕事は見つからない。以前の職場が悪名高い社長のいた会社だとわかると、同じ業界では敬遠される。派遣社員として登録しようにも、年齢の壁にぶつかって弾かれる。

今日も広告代理店の面接試験を受けた帰りだった。感触はよくなかった。面接官の男性が〈せめて三十代前半だったら〉と思っている節が感じ取れた。正社員としても派遣社員としても使いにくい年齢のようだ。

——どうしよう。

このままだとわずかな貯金も使い果たしてしまう。

新しい職場が見つかるまでは切り詰めた生活を心がけねば、と思っていたところへ女子大生令嬢が登場する番組だ。

「世の中って不公平だ」

史子は、テレビに向かって愚痴をこぼした。あるところにはあるじゃないの。少しくらいこっちに分けてくれてもいいのに。

――本当にそうだ、あるところにはある。

商品の海が眼前に広がっている。

史子は夕食の材料を買うために、目についたスーパーに足を踏み入れたのだった。行きつけの自分の住む町のスーパーとは違う色のカゴを手に、溢れかえる商品にめまいを覚えながら店内を歩き回っていた。

最近観たテレビの映像が脳裏に流れ込む。小学校では給食の残飯が大量に出て、コンビニでは賞味期限切れの商品が大量に廃棄されるという。

――捨てるくらいならわたしがほしいわ。

だって、まだ食べられるもの、と史子が手を伸ばしたのは、ゴマ豆腐だった。百三十四円。失業する前は躊躇せずにカゴに放り込んでいた商品だが、仕事のないいまはゴマ豆腐一つ買うにも迷う。家賃や光熱費や車の維持費をのぞけば、節約できるのは服飾費や娯楽費、それに食費だからだ。

本当にこれが必要なのか、と自分の胸に問うて、一度手にしたゴマ豆腐を棚に戻した。そんな自分の姿が、史子は情けなくなった。すると、その情けなさが格差を産み出した社会への怒りへと形を変えた。

——世の中、こんなにものが溢れているじゃないの。どうせ、この中の何割かは廃棄処分になるんだし。

だったら、賞味期限切れの商品をただで並べてくれてもいいじゃない。勝手な論理かもしれない。だが、仕事が見つからず、貯金が目減りする一方の史子には切実な願望だった。

パスタ類が陳列された売り場に来ていた。マカロニを買おうとは決めていた。茹でればカサが増すマカロニは、失業中の身にはお腹が膨れてありがたい食品だ。具を入れなくとも、マヨネーズやドレッシングをかけてパセリを散らすだけで一品になる。「特売」と札の貼られたメーカーのものを手に取り、カゴに入れる。二百グラム入って九十八円。失業前の史子には安いと感じられた値段だが、いまの史子にはこれでも高い。

ふと顔を上げると、人間の物欲を掻き立てるように、棚という棚をこれでもかと言わんばかりに商品が埋め尽くしている。

——ほしいだけ買ってみたいでしょう？

色とりどりのパッケージに入ったスパゲッティやマカロニやペンネが、自分をあざ笑っているように史子には思えた。光るつけ爪をしたあの女子大生令嬢の顔が棚に浮かび上がる。

——マカロニくらいいくらでも買えるわよ。

心の中で言い返し、もう一つに手を伸ばす。

その瞬間、史子の耳元で誰かがささやいた。

「そんなの、お金を出して買う必要ないわよ。もらっちゃいなさいよ」

ハッとして周囲を見回す。そこだけぽっかり生じた空間のように誰もいない。

自分の内面の声だった。

反射的に指が動いた。史子は、つかんだマカロニの袋を腕に掛けていたバッグの口へ滑り込ませた。書類が入るようにと口が大きく開くタイプのバッグを持ち歩いているが、ファスナーが開いていたのだ。

身体が凍りついた。魔がさした、とはこういうことを言うのか、などと他人事のように思っていた。

——戻さなくては。

我に返り、迷った。が、そのとき、角からカートを引いて女性が現れた。二、三人があとに続く。急に人の姿が目につき始めた。

同じ場所に居続けては怪しまれる。史子は急いでその場を離れ、隣の缶詰売り場へ行ってツナ缶を手に取った。ああ、これこれ、これを探していたのよ、と大げさにうなずいてみせてカゴに入れ、そのままレジへ向かう。

心臓が胸を突き破りそうなほど激しく脈打っていた。

2

――万引きでいちばん怖い瞬間は、罪を犯す瞬間ではなく、その罪が発覚する瞬間だ。ワイドショーや夕方のニュースで繰り返し流される「万引きGメンが見た人生の悲哀」といったタイトルの番組を観るたびに、その思いを強くしてきた。

その恐怖を、いま史子自身が味わっている。

レジはすんなり通り抜けられた。精算しているあいだ、店員に不審なまなざしを手元のバッグに注がれることもなかった。

カゴを戻し、自動扉を抜け出た瞬間、どっと冷や汗が全身から湧き出た。犯罪が成立してしまった。

一歩、二歩、三歩と建物から遠ざかる。膝がガクガクする。

――すみません。お客さん。精算がまだの商品、ありますよね？

背後から自分を呼び止める女性の声が頭の中で響く。テレビでおなじみの女性Gメンの声だ。もし、呼び止められたら、という恐怖が史子の身体をこわばらせ、歩き方をぎこちなくさせていた。

「先輩」

まさに背後から声がかかり、史子の心臓は跳ね上がった。顔から血の気が引く。だが、振り返らなかった。名前を呼ばれたわけではない。大丈夫、無視するのよ。

「宮本《みやもと》先輩」

史子の背中はビクッとなった。宮本は、わたしの名字だ。

「やっぱり、そうだ。宮本先輩ですね」

乾いた唇をなめながら振り返ると、丸顔の女が立っていた。見憶えのある顔のような気がしたが、思い出せない。

「忘れちゃいました？　わたし、佐野《さの》こずえです。南高校の」

「あ……ああ。どうも、お久しぶりね」

思い出した。郷里の高校の吹奏楽部で一緒だった子だ。一学年下で、史子はフルート、佐野こずえはクラリネットとパートは違ったが、なぜか「先輩、先輩」と史子になついていた。

「あの子、何だかなれなれしいよね」と周囲は眉をひそめ、史子もときどきうっとうしいと思うこともあったが、パートも学年も通学に利用する路線も違い、練習を離れれば接点はなく、とくに実害はなかった。
七、八年ほど前に吹奏楽部の顧問だった先生を囲んでの同窓会があり、その席で彼女とは顔を合わせていた。
「先輩、こっちに住んでらしたんですか？」

こずえは、史子が手に提げたスーパーの袋に目をとめた。

「ううん、そうじゃないの。ちょっと近くまで来たものだから」

そう答えて、史子もこずえの手元を見たが、彼女はスーパーの袋を持っていない。

「あの……スーパーにいたの？」

ふっと疑念が頭をもたげた。

「ええ、そこで見かけて『もしかしたら』と思ったんです」

と答えたこずえだったが、史子の訝しげな視線に気づいたのか、「パプリカがほしかったのに、なかったんですよ。あそこ、品揃え悪いんです」と、少し唇を尖らせた。

——本当だろうか。パプリカは切れていただろうか。

頭がくらくらするほど豊富な種類の商品で埋め尽くされていたのだ。品揃えが悪いなどということがあるだろうか。少なくとも、史子の行きつけのスーパーよりは売り場面積が広かった。

――うそをついているのではないか。わたしの様子を探るために。

史子は、推理を巡らせた。佐野こずえは、万引きGメンなのでは？「お客さん、ちょっと」と肩を叩かれたわけではないが、これは新種の呼び止め方かもしれない。

「先輩は何を買ったんですか？」

こずえが袋をのぞきこもうとしたとき、思わず引っ込めたのは、左腕に掛けていたバッグのほうだった。

「夕飯のおかずとかいろいろよ」

「先輩、結婚されたんですか？」

「してないわ」

「よかった。わたしもまだなんです」

こずえは破顔した。顔の形は高校時代から変わらないものなんだな、と史子は後輩の顔を見てぼんやりと思った。

「でも……」

こずえが言いよどんだので、

「一度失敗しているから慎重になってるの」

と、こちらからはっきりと言ってやった。

「やっぱり、そうですよね。同窓会のとき、ちらっとそんなふうに聞いたものだから。バツイチだって。……あっ、すみません」

「いいのよ。本当のことだから」

しかし、彼女の無神経さに胸がムカムカする。

「先輩、お時間あります？」

こずえが上目遣いに聞いた。

「えっ？」

ドキッとした。いままでのは前振りで、これから本題に入るということではないのか。

「じゃあ、先輩、事務所のほうへ」と、ふたたび店内へ連れ戻されるかもしれない。

「そこでお茶を飲みながらお話ししませんか？」

だが、杞憂だったようだ。こずえは、スーパーのはす向かいにあるファストフード店を指さした。

「ああ、ええ、でも」

と、史子はうろたえた。こずえが万引きGメンでないのはわかったが、真意がつかめない。

「生ものとか冷凍食品とかありますか？」

「ううん、そういうのはないけど」

「じゃあ、ちょっとだけいいじゃないですか。わたし、人生の先輩として、宮本先輩にいろいろと聞きたいことがあるんです。高校時代から先輩にあこがれていたんですよ。すごく落ち着いているし、頭はいいし、堅実な人生を歩みそうだな、と思って」

興奮した口調のこずえは、史子の意思を確認もせずに歩き出した。

——彼女は、あの場面を見ていたのだろうか。

万引きの瞬間を、である。それを確かめるために、史子はこずえのあとに従ってファストフード店に入った。

卒業後のつき合いはないとはいえ、いちおう年上である。「ここはわたしが」と言って、一杯二百六十円のカフェラテをおごる。内心では〈余計な出費だわ〉と舌打ちしながら。

「すみません」

先にカウンターの席に座っていたこずえは、コーヒーカップを受け取ると、待ち切れない様子で「先輩、お仕事のほうはどうですか？　旅行会社に勤めていましたよね」と聞いてきた。

——「先輩」って呼ぶのはやめてよ。

そう言おうかと思ったが、違う呼び方を提案することで、かえって彼女に親近感を抱かせてしまう気がしたので放っておいた。

「あそこは辞めたの」

「えっ、本当ですか？」

こずえは、予想外に驚いた反応を示した。

「同じ業界にいた人に誘われてね、いまは新しい事業の準備というか、そんなところ」

本当かうそかわからないが、自分にあこがれていたという後輩に失業中だとは言いにくい。

「へーえ、すごいですね。引き抜きってことですか」

こずえは、勝手にいいほうに解釈してくれた。倒産した旅行会社の名前までは憶えていないだろう。

「それで、佐野さんは？」と同じ質問をしようと思っていたら、「いいなあ。有能な人は、やっぱり引き抜かれるんだ。わたしのとこなんか、潰れちゃって、仕方なく転職したのに」

と、こずえは自らの話題に転じた。

「あら、いまはどういうお仕事？」

とは聞いたが、転職前の仕事すら知らない。

「ネイルアーティストなんです」

ネイル、と聞いて、史子はコーヒーカップを持つこずえの指先を見た。ピンク色のマニキュアで彩られたきれいな爪だが、あのテレビで見た女子大生令嬢のような華やかさや派手さはない。

「つけ爪とかしたいんですけど、腕のマッサージをするときに邪魔なんで、あんまりできないんです。ふだんはこのくらいで。そのかわり、香水には凝っているんです」

と、史子の視線に気づいたこずえが長い指をそらせた。「先輩の爪もきれいにしてあげましょうか」

「ううん、いいわ」

史子は、小学生のように短く切った自分の爪が急に恥ずかしくなって手を隠し、「転職してどのくらい?」と、こずえの関心をそらした。

「半年です。もともと、前の仕事が自分に合わなくて、ネイルアーティストの学校に通っていたんです」

「じゃあ、いまの仕事は佐野さんに合ってるの?」

「まあまあですかね」

こずえは肩をすくめ、「でも、まあ、前よりお給料はいいから」と、どうでもよさそうに言い添えた。

史子は頭に血が昇り、その反動で手足が冷えるような感覚に襲われた。

片や失業中で、職探しに苦労している先輩。

片や技術を身につけ、転職して給料アップした後輩。

現時点で、どちらが「勝ち組」でどちらが「負け組」か、人に聞くまでもない。

「家はこの近くなの？」

と、こずえに尋ねる史子の声には敗北感が混じっていた。

「はい、すぐそこです。これからいらっしゃいますか？」

「いいわよ、今日は。用があるし」

「そうですか。じゃあ、ちょっと待ってください」

こずえは、ポシェットから携帯電話を取り出して、「先輩の番号、教えてもらえますか？」

と聞いた。身体の動きに合わせて、甘いコロンの香りが漂った。

断る理由を見つけるのがむずかしくて、史子は口頭で教えた。

史子の番号を自分の携帯電話に登録し終えたこずえは、「そうそう、あそこのスーパー、万引きが多いんですよ」と、唐突に声を潜めて話題を変えた。

史子は、持っていたコーヒーカップを取り落としそうなほど狼狽した。

「わたし、実際に見たことがあるんです。ごく普通のオバサンって感じの主婦が、奥の事務所へ連れて行かれるのを。ちょっと年配の女性補導員が腕をつかんでいましたよ」

「それは……いつの話？」

——やっぱり、彼女は、わたしの犯行を目撃していたのだろうか。

それで、カマをかけるためにこんな話題を？　わたしに犯行を自供させたいの？　不安と疑念が史子の胸の中で渦を巻いていた。

「一か月くらい前だったかな。でも、そのあとも、おじいさんが事務所へ連れて行かれたとうわさで聞いたし。広いから店員の目が行き届かないんでしょうね。『万引きは犯罪です』ってポスターでも貼ればいいのにね。本屋さんみたいに」

「万引きなんてわりに合わない犯罪なのにね。発覚した瞬間、数千円程度の商品と引き替えに社会的信用を失くすんだから」

史子は一般論を口にしたが、自分の言葉が自分の耳にそらぞらしく聞こえた。史子が万引きしたのは、わずか九十八円のマカロニだ。

「わかってはいても、やめられないんですよ、きっと」

と、こずえはかぶりを振りながら、呆れたような顔で言った。「テレビによく出てますよね、捕まるのが二度目、三度目だって人が。一度やったらやめられないんでしょうかね。見つからなければ、なおのこと、味をしめてまたやっちゃうんですよ。一度やった人は、絶対にまたやりますよ」

3

——一度やった人は、絶対にまたやりますよ。

別れぎわにこずえが放った言葉が、史子の頭から離れない。あれは、「先輩が万引きしたの、わたし、見てましたよ。もう二度とあんなことしないでくださいね」というわたしへの戒めのメッセージだったのか。

自宅に帰ると、待ち構えていたかのように電話が鳴った。

「もしもし、史子？」

福島の実家からだった。父親には勘当された形になっているが、母親とはたまに電話で話すくらいの交流は保っている。母の治子《はるこ》は、携帯電話での通話が苦手だと言い、いまだに固定電話にしかかけてこない。葬儀には和装の喪服で参列するとか、熱があってもお彼岸にはおはぎを作るとか、古風なところのある母親だ。それでも、娘の進歩的な部分はちゃんと認めてくれている。東京の大学を受けると言ったときも、父とは違って賛成してくれた。

「留守だったみたいだねえ」

と、治子は、不満そうでもあり不安そうでもある声を出した。何度もかけたということだろう。

「いま帰ったところ」

「仕事は見つかった？」

「面接は受けたけど」

「その声じゃ、まだどこからも色よい返事をもらってないようだねえ」

「大丈夫だって。何とかなるから」

何とかしなければならない。

「あのね、お父さんの調子がよくないの」

「そう」

あまり驚いたそぶりは見せないようにした。父ももう七十を過ぎている。身体のどこかが弱って当然だ。

「史子もいつまでも意地を張ってないで、そろそろ歩み寄ったら？　やっぱり、娘のあんたのほうから歩み寄るべきだよ」

「できるわけないじゃない。だって、『うちの敷居は二度とまたぐな』って言ったの、お父さんのほうだよ」

「『うちの敷居は二度とふたたびまたがせんぞ』でしょう？」

恐ろしく記憶力のいい治子は、正確に言い直して笑った。

厳格な父とは小さいころから衝突してきたが、治子の明るさに史子は救われてきた。しかし、失業したからと言って、経済面での援助を求めるわけにはいかない。そこまで甘えてはいけない、と史子は自戒していた。両親は兄の家族と同居している。この兄が父親の性格をそっくり受け継いでいて、口調まで同じなのだ。兄嫁は気配りのできるやさしい人柄だが、母親が兄嫁に気を遣っているのは、電話での言葉の端々から感じ取れる。史子は、治子には肩身の狭い思いをさせたくはないのだった。

――お母さんが今日のあのことを知ったら、どう思うだろう。

史子の胸は痛んだ。「万引きするような子に、あなたを育てた憶えはありません」と言って悲しむだろう。娘の育て方を周囲から非難されて、立つ瀬がなくなるかもしれない。

絶対に知られてはならない。

「お父さん、具体的にどこか悪いの？」

「そうじゃないけど、このごろ、『疲れた』をひどく連発してね。何かと弱気になっているのがわかるんだよ。史子に会いたがっているのもね」

治子の声が沈んだ。

「わかった。そのうち……考えとくよ」

そう言って電話を切り、史子は深い深いため息をついた。もう十年以上、実家には帰っていない。

絶縁のきっかけは、史子の結婚だった。

「大学を卒業したら地元に帰る」という父との約束で上京させてもらったのに、結局、東京で就職してしまった。そのとき、父は、〈結婚によって地元に引き戻そう〉と考えたのかもしれない。史子が仕事を始めて二年もたたないうちに、見合い話が持ち上がった。ところが、ちょうど同じ時期に史子にはつき合っていた男がいた。

「おつき合いしている人がいるから」と父親に打ち明けたが、頑固な父親は承知しない。

「別れろ、見合いしろ」の一点張りだ。

父への反発を募らせて、許しを得ないままに、史子は交際していた男と籍を入れてしまった。男に惹かれたのは、彼の中に自分とよく似た部分を見出したからだった。

ところが、結婚してみて、その〈よく似た部分〉が不和の原因になることもあるのがわかった。

自分が仕事をしたいと思うときに相手もそう思う。自分が出かけたいと思うときに相手もそう思う。家事は疎かになり、家の中は荒れた。互いに若かったせいもあり、譲り合うという術を知らなかった。

おまけに、ケンカをしたときの反応の仕方も二人とも一緒だった。相手が折れるのを待っている。こちらからは謝らない。根比べのようになって、しまいには売り言葉に買い言葉で、離婚届に判を押して史子が家を出てしまった。相手がどうするか、出方を待ってみたが、判を押した離婚届が夫から送られてきたので、史子はやけになって提出した。わずか一年半の結婚生活だった。

それから今日まで、ツアーの客で史子にプロポーズする男も現れた。別れた夫より気性の穏やかそうな男だった。だが、結婚には至らなかった。

「一度失敗しているから慎重になってるの」とこずえに言ったのは本当で、再婚となると構えてしまう。次は、失敗は許されない。二度目は、絶対に。

求人雑誌に目を通してから夕食の準備を始めたとき、今度は携帯電話が鳴った。

「先輩、今日はごちそうさまでした」

番号を教えたばかりのこずえからだった。「あの、実は、相談したいことがあったんです」

「相談したいこと？」

消えかかっていた心の中の黒い雲がふたたび色を濃くする。

「ええ。でも、会ったばかりなのに、って遠慮したんです」

「いいのよ。何でも言って」

遠回しに言われるほうが心臓に悪い。

「アパートの隣の部屋に最近、男の人が引っ越して来たんです」

と、こずえは声を落とした。

万引きのことではない。史子は、とりあえずはホッとした。やっぱり、彼女はあの現場を目撃などしていなかったのだ。自分の思い過ごしだった。

「その人がどうしたの？」

「その男の人、前科があるみたいなんです」

「前科って、犯罪に関係したこと？」

「ええ。その筋の人だな、とわかるような男が頻繁に訪ねて来たり、怒鳴り声が聞こえてきたり。前に傷害事件を起こしたことがある人みたいなんです」

「そう。それで、何か怖い目に遭ったの？」

「いいえ、いまのところは。でも、わたし、すっごく怖いんです。一度、悪いことをした人はまたするって言うじゃないですか。あの男、絶対にまた似たような事件を起こしますよ。起きてからでは遅いんです。わたし、どうすればいいと思います？」

「誰かに相談できないの？　不動産屋の人とか大家さんとか」

「だけど、わたしがチクったって知れたら、何をされるかわかりません。カッとなって刃物を持ち出すような人間だったら……」

「警察には？」

「だめですよ。まだ何も起きていないんですから。それこそ、相手を刺激してしまいます」

「見回りを強化してもらったら？」

「どう説明すればいいんでしょう」

「そうねえ」

史子は、対策を考えるために言葉を切った。心を許せるたくましい男性にそばにいてもらうのがいちばんいいのだろうが、いないからこそ、こうして自分にかけてきているのだろう。

だが、なぜ今日、たまたま再会したわたしに？　という違和感は拭い切れない。

「とりあえず、戸締まりはしっかりして。何かあったら、すぐに警察に連絡できるようにしておくとか」

「そうですね。充分、注意します」

「いちおう、そこの住所教えといて」

史子は、こずえのアパートの住所をメモした。

「犯罪者の再犯率が高いのは先輩も知ってますよね？　隣の男、必ずまた何かしでかしますよ」

こずえは、絶対にもう一度、と繰り返した。

4

「うちが扱っているのは国内だけですからね。それも、町内会や老人会の温泉旅行が中心で。海外ツアーの企画畑を華々しく歩いてきたあなたには、物足りない仕事かもしれませんよ。お給料も、正直言って満足できる額にはとても届きませんしね」

頭のはげかかった五十代くらいの男は、史子に哀れむような視線を送ってきた。

「パート募集」と貼り紙が出された、外からカウンターが見える旅行代理店に飛び込みのような形で入り、面接を申し込んだのだった。どこでもいい。とにかく働いて給料を得たい。そう思って目についた代理店に入ってはみたものの、給料の額を聞いて愕然とした。家賃と駐車場代を払えば、いくらも残らない。先方は「パート主婦」を求めるつもりで貼り紙を出したのだ、と史子はようやく気づき、肩を落として外に出た。

すると、バッグの中で携帯電話が鳴った。画面を見ると、こずえの名前が表示されている。

「先輩？　わたし……」

緊迫感を伴ったこずえの声が途切れた。

「佐野さん。どうしたの？」

「刺されたんです」

こずえの泣き声が続いた。

「刺された？　ど、どういうこと？」

瞬間的に脳裏に浮かんだのは、腹をナイフで刺され、身体を二つ折りにして苦しんでいるこずえの姿だった。

「窓を開けていたら……。痛くて、怖くて……。わたし、どうしたらいいんでしょう。死ぬかもしれません」

こずえはしゃくり上げている。

「いま、どこなの？」

「部屋の中です。窓は閉めました。でも、怖くて、痛くて……」

「いい？　そこを動かないで。わたしが救急車を呼ぶから」

電話を切り、一一九番通報した。「知り合いの女性が『刺された』と電話をかけてきたんです。怪我をしているかもしれません。急いで駆けつけてください」と伝え、こずえの名前とアパートの住所を教えた。あとで連絡をもらえるように、自分の携帯電話の番号も知らせた。

——ベランダの掃き出し窓を開けていたら、隣の男が刃物を持って忍び込んで来たのだろうか。

男が刃物を振りかざし、こずえを襲う場面を想像して、史子は背筋が寒くなった。こずえがくわしく語らなかっただけで、こずえと隣の男とのあいだには何かトラブルがあったのかもしれない。

5

「すみません。わたし、あわてちゃって、何をどう言ったかよく憶えてないんです」

左腕に包帯を巻いたこずえは、ばつの悪そうな顔で頭を下げた。

「たいしたことがなくてよかったけど、びっくりしたわよ」

史子は、安堵と徒労のこもったため息をついた。

こずえは確かに「刺された」のだったが、それは隣の男にではなく、窓から入り込んだスズメバチにだったのだ。

史子が一一九番通報してから三十分後にこずえから電話があり、そこで真相が判明した。史子は、こずえが手当てを受けていた病院へ駆けつけた。

「これからは、ちゃんと確認してから通報してください」

待合室で警察官から注意を受けたのは、「刺された」としか報告しなかったこずえではなく、通報した史子だった。

病院内の喫茶室で、二人は向かい合っている。

「腕まくりして洗濯物を干していたら、ブーンって音が聞こえて。思わず振り払っちゃったら、ここのところをチクリと刺されて。毒が回ったら死ぬかもしれない。そう思ったら怖くなって」

こずえが情けなさそうな表情で、左腕をそっと持ち上げた。

「スズメバチの巣があるのは知ってたの？」

「知らなかったんです。でも、あのあたり、アパートのまわりに古い家があるし、広い庭のある家も多いから、きっとどこかの軒下に巣を作っていたんですね」

「駆除してもらったほうがいいわね」

「大家さんに頼んでそうするつもりです。こうして被害も受けているんだし」

でも、とこずえは視線を上げて、強い光を目に宿らせた。「駆除してもらいたいのは、隣の男のほうなんです」

「あれから何かあったの？　また変な人たちが来たとか、怒鳴り声が聞こえたとか」

「いえ、そういうことはないんですけど、通路や階段であの男と顔を合わせるだけで怖くてたまらないんです。わたしのことを睨みつけるようにするし。あれは、犯罪者の目ですよ。絶対にまた何かやる、そういう目です」

「佐野さんがそう思い込んでいるからそう見えるんじゃないの？　こっちがじろじろと相手を見るから、あっちもじろじろと見返す。それが、佐野さんには睨んでいるように思えるんじゃないかしら」

「違います。一度犯罪に手を染めた人は、もう一度同じことをするんです。このままだと、あいつは絶対にまた傷害事件を起こしますよ」

こずえの論法は変わらない。

——犯罪者はふたたび罪を犯す。

そういう考えに凝り固まっているようだ。彼女のそうした考えが史子を苛立たせ、不安を増大させていた。

万引きという犯罪に一度手を染めた史子である。あれから、行きつけのスーパーに入っても、棚に伸ばした指先の震えを止められない。商品を取り損なって床に落とし、周囲の視線を集めていたたまれなくなり、何も買わずに出てしまったこともある。

——一度やった人は、絶対にまたやりますよ。

こずえの言葉が耳にまつわりついている。史子は、暗示にかけられたようになり、ふたたびやらねばならないような気がしてくるのだ。

「できれば、わたし、あそこを引っ越したいんです」

邪気を追い払うように首を振って、こずえは強い語調で言った。「スズメバチはいるし、隣の男は犯罪者。そんなアパート、いますぐにでも引き払いたいんです。だけど……」

「どうしたの？」

「先輩、お金、貸していただけませんか？」

「えっ？」

何を要求されたのか、頭が混乱して理解できなかった。

「引っ越しするにもお金がかかります。わたし、いま余裕がないんです」

こずえの目がすわっている。

「急に言われても……」

何かおかしい、と史子はたじろいだ。借金を申し込まれるほどの親密な関係ではないはずだ。すると、こずえの目が狡猾な色に染まった。

「福島のお母さんはお元気ですか？　昔、一度、お会いしたことありましたよね。吹奏楽部の発表会のときに」

「え……ええ、元気よ」

——なぜ、母親のことまで聞くのだろう。

もしかして、これは……。史子は、胸の動悸が激しくなるのを覚えていた。

——お母さんに万引きのことを話しましょうか。お母さん、卒倒するかもしれませんね。

こずえの心の中の声が聞こえてくる。

史子は求職中だ。面接の約束を取りつけた会社に、怪情報を匿名で流されるおそれもある。

「この人は犯罪者です。万引きしたことがあります」

そんな内容の文書を会社に送りつけられたらどうなるだろう。そこに、スーパーの店名と日時、商品名を書き込めば、信憑性は高くなる。連絡をもらったスーパーは、その日の売り上げを細かく調べ直すかもしれない。スーパー業界にくわしくないだけに、史子の想像は悪い方向へと膨らんでいく。

「あのね、佐野さん。わたし、正直に言うけど、本当は失業中なの。だから、あんまりお金がなくて」

笑ってみせたが、口元がこわばった。

「でも、失業保険、もらってますよね。先輩なら貯金だってあるでしょう?」

史子が失業中だと知っても、こずえはさして驚かなかった。

「どちらも多くはないわ」

「引っ越しの費用、出してください」

史子の返答を無視して、こずえは無表情で言い、「先輩なら出せますよね。いえ、出せるはずです」と、断定的につけ加えた。

6

――彼女は、わたしが万引きをした瞬間を目撃したんだわ。

それは、もう間違いない、と史子は思った。だから、引っ越し費用を要求したに違いない。断れるはずがない、と思ったのだろう。最初は貸してくれと言ったが、しまいには出すのが当然という強気の姿勢でいた。

――たかがマカロニ一袋で、これからずっと彼女に強請《ゆす》られ続けるなんて。

情けなくて、悔しくて、それからしばらく眠れない夜が続いた。

不眠のせいで頭がボウッとしてしまい、面接試験を受けに行くのに遅刻したり、電車を乗り間違えたりした。

――このままでは、わたしは破滅する。

何とかしなければ、と焦燥感に駆られていると、こずえから催促の電話がかかってきた。

「先輩、引っ越しのお金、用意できました？」

「スズメバチの巣は？」

「大家さんが業者に頼んで、駆除してもらいました」

「隣の男は？」

「最近は変な男たちは訪ねては来ないけど、今度はボリュームを大きくして音楽を聴くようになったんです。音を小さくしてほしいんですけど、怖くて注意なんかできませんよ。わたし、もう我慢の限界です。一日も早く引っ越したいんです。どこかにいい部屋ありませんか？」

「わかったわ。でも、もうちょっと待って」

それから二週間後の休日。

史子は、「物件を見てほしいの」とこずえを誘い出した。

「いくつか候補があるのよ。遠いほうから行きましょう」

そう言ってこずえを連れて行った場所は、武蔵野の面影が残る閑静な町だった。

駅前から大学のキャンパスのある方角へとずんずんと歩を進める。こんもりとした森が姿を現し、足下に木立の影が伸び、カラスの数が増える。

「何だか寂しいところじゃないですか？　わたし、こういうの苦手だな。もっと賑やかな町並みのほうがいいですよ」

こずえが眉をひそめ、あたりを見回した。

「ぜいたく言わないで」

「まあ、いちおう見ときますけど、あといくつかあるんですよね？」

「ええ」

だが、最初の候補地でカタをつけたい、と考えていた。下見はしてある。一度では不安で、二度も確かめた。

「そこの白い建物よ」

史子は、森を越えたあたりを指さした。木々の葉が秋らしく色づいているが、景色を楽しむゆとりはいまの史子にはない。

「へーえ、建物だけはいいじゃないですか。ワンルームマンションですか？」

「２ＬＤＫの部屋よ」

「家賃、高そうですね。でも……大丈夫ですよね。先輩、出してくれるんでしょう？」

こずえは、甘えた声を出した。

——やっぱり、そうだ。この女は家賃まで出させる気だ。すっかりたかるつもりでいる。このままではいけない、と史子は改めて強く思った。彼女との縁を断ち切らなくては。

森の入口にさしかかった。真ん中に遊歩道ができている。

「ここ、抜けなくちゃいけないいんですか？」

寒けがするというふうにこずえが身体を縮こまらせた。

「途中で右に曲がる道があるの。そこからすぐよ」

史子は、足早に歩いた。

「まあ、見るだけならいいですよね」

こずえの吐息が背中に当たった。

イチョウの木が目印だった。

史子は、バッグの外ポケットに手を差し入れると、防犯ブザーの紐を引いた。けたたましい音が鳴り響き、木立を揺らした。

わっ、とこずえが悲鳴を上げ、「何なんですか？」と、史子へ顔を振り向けた。

ブーン、とかすかな羽音が鼓膜を震わせたと思ったら、木立から黒い粉のようなものが霧状に舞い上がった。

視野を見るまに黒いものが覆った。それらは傘ほどの大きさに広がって、こずえの頭を目がけて飛んでいく。

「きゃあっ！」

こずえが手で黒い集団を追い払おうとするが、それらは木立から次々と飛び出してきて、勢いと数を増していく。

「佐野さん。早く、早く、逃げなさい」

うわずった声で言いながら、史子はあとずさりした。素早くバッグから白いスカーフを取り出し、頭にかぶる。

「先輩、助けて。痛い、助けて」

黒い集団の攻撃を受けてしゃがみこんだこずえの髪の毛が奇妙な形に逆立っていた。もはや、髪の毛と〈攻撃物体〉との区別がつかない。

「待っててね。大丈夫よ。すぐにケータイで助けを呼ぶから」

こずえ一人が黒い集団のえじきになったのを見届けるとブザーを止めて、史子はその場からゆっくりと歩き去った。

スズメバチの巣がイチョウの木にあるのは、下見をしたときに気づいていた。去年も似たような場所に巣を作られて近所の住民が刺されたらしい。ネットで検索していて、そういう新聞記事が目にとまった。それで、閃いたのだ。

——この時期、スズメバチには要注意ですよ。巣作りの時期で攻撃的になっていますからね。

テレビで注意を呼びかけた専門医の言葉を思い出す。

——スズメバチに刺されないようにするには、次のような注意が必要です。ハチは黒を好みますから、帽子をかぶって髪の毛を隠しましょう。香水や化粧品の匂いに敏感なので、香水はつけないようにしましょう。音や刺激にも興奮します。手で払わず、静かにその場を立ち去りましょう。

一度スズメバチに刺されると、ハチ毒に対する抗体が体内にでき、二度目に刺されたときにその抗体が反応し、呼吸困難などの全身性のアレルギー反応を起こすことがあるという。場合によっては、死に至ることもあると知って、史子はこの計画を立てた。

「そうよ。二度目は怖いのよ」

後ろを振り返らずに、史子はそうつぶやいた。

ふたたび万引きはしないかと、再犯の可能性に怯《おび》えている史子である。こずえの隣人の男もおそらく同じ心理状態なのだろう。二度目に恐れおののいているはずだ。大音量で音楽を聴くのも、不安な気持ちをかき消そうとする行為なのかもしれない。結婚にしても二度目は怖い。

——二度とふたたび、わたしの前に姿を現さないで。

そろそろいい頃合いだろう。史子は、救急車を呼ぶためにおもむろに携帯電話を取り出した。

五年日記

1　六月五日

今日から日記を書き始めることにする。「五年日記」を選んだ理由は、一年後の今日、「去年の今日はこうして過ごしていたんだ」と振り返るのが楽しいからだ。生きているという実感を得られる。一日あたり六行しか書けないのも、なまけ者の私には適している。今日、私は退院した。人間は病気にかかると「なぜ私が？」と、自分自身に問いがちだ。私もそうだった。しかし、理由などないことがわかった。すべて、偶然、たまたまにすぎない。癌細胞が私の身体を蝕んだ。それだけのことだ。

＊

今日は真夏日だった。日記をつけ始めて一年。この一年間の変化と言えば、辞書を引く習慣がついたこと。文章が簡潔になったこと。だが、いま気づいた。情報量を増やす必要はない。そのときどき、書きたいことだけ書けばいい。今日も夫は仕事で帰りが遅い。私の中では今日は記念日だけど、そんな話は彼にはしていないから、帰宅が遅くても仕方がないのだ。駅前に新しくできたケーキ屋さんのフルーツタルトがおいしかった。それだけで幸せ。これからは、日々の生活の中に「小さな幸せ」を見つけていこうと思う。

＊

先週の定期検診の結果は「異状なし」でひと安心。私がいまもっとも恐れている言葉。それは「再発」かもしれない。わざわざ辞書で調べてみた。「おさまっていたものがまた起こること」とあった。例文の最初に「病気が再発する」とあって、意地悪だな、と思った。このままおさまっていてほしい。それなのに、私と同世代の女優が子宮癌で死んだという記事が朝刊に載っていた。胸がざわついた。私より不幸な人はいっぱいいる。私は幸せなのだ。そう思い込もうとするけど無理みたい。

＊

日記をつけ始めて三年。何とか再発せずにいる。普段は病気のことなど忘れているのに、この日になると思い出してしまう。五年日記の弊害か。目をそらそうとしても、一年前、二年前の日記が目に入るからだ。だけど、せっかく始めた五年日記。二冊目をめざして頑張って続けよう。前向きに生きる姿勢を見せれば、病気のほうで逃げてってくれるだろう。とはいえ、最近、食欲がない。ダイエットもしていないのに体重が減っている。気にするほどではないけど。久しぶりに会ったT子さんに「やせた？」と聞かれた。

＊

夫と観劇したのは何年ぶりだろう。結婚前のデート以来？　十一代目市川海老蔵襲名披露公演。十一代目は、声もいいし姿もいいし、思わず声をかけそうになった。でも、夫が照れると思ったのでやめておいた。一階の一等席。次は、ぜひ桟敷《さじき》席で観たい。死ぬ前に一度くらいは……なんて縁起でもないよね。「言霊」という言葉がある。声に出して言葉にすると現実になるそうだから、文章にするのもよくないのかも。それにしても、チケット二枚誰にもらったのだろう。「取引先の人からもらった」って本当かしら。

＊

ついに二冊目、六年目に突入。こんなに長く続くとは思わなかった。日記が？　私の命が？　両方かな。体調がよかったので、庭いじりを少しした。太陽が隠れているからって油断はできない。日焼けしないように完全武装した。夫は接待ゴルフ。こういう普通の生活もいいものだ。私たちには子供がいないのだし、今後の人生のためにも、それぞれに趣味をいっぱい持たないと。相手に頼りすぎるのもよくないし、孤独になりすぎるのもまたよくない。

私もゴルフをしようかな。でも、腰にはよくないだろうな。

＊

七年目を迎えた今日、私は一つの決断をした。しばらく日記を書くのはやめよう。医者の口から出た「再発」という言葉。私は意外なほどすんなりと受け止めていた。「ああ、そうですか」と。食事にも睡眠にも気をつけてはきた。ゴルフこそしなかったが、適度な運動もした。それでも、神様は見逃してはくれなかった。いま、神様が一つだけ願いごとを叶えてくれるならば、「彼だけは再発しませんように」とお願いしたい。私がいなくなったあと、彼が幸せな人生を送るためにも。

2

その病院は、まだ自然が多く残る関東地方の丘陵地帯に建っていた。駐車場に車を入れて外に出ると、宮川《みやがわ》小百合《さゆり》は一帯を見回した。梅雨が明けて、木々の緑は強い陽光を浴びて輝いている。自然からは生を感じられるのに、と割り切れない感情をため息に乗せて、視線をクリーム色の建物へと移す。

ここの緩和ケア病棟に、近藤祐太郎《こんどうゆうたろう》の妻の郁代《いくよ》が入院している。近藤郁代とは面識がない。それなのに、彼女を見舞わなくてはいけないのだ。気が重いが、死期が迫った彼女の頼みなので断るわけにはいかない。

今日、ここに来ることは祐太郎には秘密にしていた。

「主人には言ってないの。小百合さん、一人で来てくださいね」

という郁代の伝言は、仲介者である探偵から受けた。

小百合の勤めるデザイン事務所に中谷充《なかたにみつる》という男から連絡があったのは、一週間前のことだった。

「近藤郁代さん、ご存じですね？」

と、いきなり電話で聞かれたとき、小百合は、自分が週刊誌の三面記事を賑わすような騒動に巻き込まれるのだ、と身構えた。

「近藤郁代さんからあなたにお願いごとがあるのですが、お仕事が終わったら近くでお会いできませんか？」

声優かと間違えるようなソフトな声質に魅せられ、小百合は「はい」と答えていた。

仕事を終えて待ち合わせた喫茶店へ行くと、目印の週刊誌をテーブルに載せて中谷が待っていた。

サングラスをかけてはいたが、整った顔立ちは隠せない。どこかで見た顔だ、と思っていたが、会話を始めてしばらくして気づいた。テレビの「あの人はいま」の類《たぐい》の番組で見たことのある顔だった。昭和四十年代に「花井健《はないけん》」という芸名で活躍していたアイドルではないか。

だが、じっと見つめる小百合の視線にもたじろいだそぶりを見せずに、中谷はすぐに本題に入った。

「実は、近藤郁代さんはいま、いわゆるホスピス病棟に末期癌で入院されています。ぼくは、あなたを捜すように彼女に頼まれました。あなたを捜し出したら、見舞いに来るように言ってほしい。それが依頼内容でした」

「それだけですか？」

「それだけとは？」

「まだほかに何か。たとえば……法的なこととか」

「いいえ」

と、往年のアイドル歌手の面影を風貌に残す中谷は細い首を振り、「あなたを捜し出して会いに来させてほしい。それだけです」と言い直した。

「そうですか」

少し肩透かしを食った気もしたが、先方は会ってから肝心の用件を切り出すつもりかもしれない、ここで気を抜いてはいけない、と小百合は気持ちを引き締めた。その緊張感はいまも続いている。

二百床近い病床のうちの二割が末期癌患者のためのベッドだという。インターネットで調べて、この病院の情報は仕入れていた。ホスピス病棟のある病院としては規模の大きなほうだろう。身体的な痛みを緩和するのと同時に、精神的な苦痛や社会的な苦痛を取り除くためのスタッフを揃え、人間としての尊厳を保ちながら、その人らしい最期を迎えてもらう。それがホスピス病棟の目的だということも、小百合は調べていた。

いちおう、お見舞いである。何を持って行くべきか迷ったが、無難に花束にした。花瓶が備えてあるかどうかわからなかったので、いま流行りの小振りのおしゃれなガラスの花瓶も一緒に買った。

病室を確認してから手前の洗面所に入り、いく種類かのガーベラやバラを花瓶に生けて病室へ向かう。

郁代は個室に入っていた。こちらの病棟は、ほとんどが個室のようだ。ドアをノックする前に、小百合は大きく深呼吸をした。

――やましいところは何もありません。

そう言い切れる自信はある。だが、「じゃあ、なぜ、わたしに黙って二人でこそこそと会っているの？」と問われれば、答えに窮する。おおっぴらにはできない関係ということだ。

小百合は独身だが、祐太郎には妻がいる。世間が眉をひそめるような関係ではある。

「はい、どうぞ」

と、ノックの音に即座に返事があった。癌細胞がどこにどんな作用を及ぼすかわからないが、少なくとも彼女の気管や声帯に影響はないようだ。鈴をころがすようなきれいな声が返ってきた。

胸を高鳴らせながらドアを開けると、想像していたのとはまるで違う光景が小百合の目に飛び込んできた。身体のあらゆる場所に管をつけられてベッドに横たわるやせ細った女性の姿を想像していたのだが、郁代は空調の整った部屋で背もたれのある大きな椅子に座り、たくつろいでいます、というふうに桜色の膝掛けをふんわりと掛けていた。やせてはいるが、頬紅をさしているのか、血色は悪くない。

祐太郎からは、「実は、家内の病気が再発して、いまホスピス病棟に入院しているんだよ」とだけ説明を受けていた。彼と妻の関係について根掘り葉掘り尋ねるのは、小百合は避けていた。

「驚いた？」

小百合の顔色を読み取ったらしく、郁代は微笑んだ。「もっと病人っぽくしてると思った？」

「いえ」

短く否定してから、「はじめてお目にかかります。宮川小百合です」と、小百合は挨拶した。「これ、どうぞ」と花瓶を差し出し、ふとサイドテーブルに目をとめてそこに置いた。

「お目にかかるのははじめてね。近藤の妻です」

と、郁代も受けた。

妻、という言葉に、どこか誇らしげな響きがあった。

「まあ、きれいなお花。わたしも生まれ変わったら、お花になりたいわ。できれば真っ赤なバラに」

目を細めてサイドテーブルに飾った花を眺めて、郁代は言った。

「いきなりお呼び立てしてごめんなさいね。驚いたでしょう？」

ふたたび「驚いた」という言葉を使われて、小百合はほんの少し苛立った。驚かないわけがない。が、驚いたと認めるのはしゃくだ。相手は、ホスピス病棟にいる患者で、何よりも祐太郎の妻の座にいる女である。

「でも、どうしてもあなたに会いたかったの。それで、探偵さんに頼んで、あなたを捜し出してもらったの。あの人、口は堅いらしいから。あら、探偵さんの口が堅いのはあたりまえかしら」

郁代は声を上げて笑ったが、無理して笑っているような痛々しさが目尻や口元のしわから伝わってきた。郁代は小百合とは十歳違いのはずだが、病気のせいかもっと年上に見える。

「その探偵さんから聞いたと思うけど、今回のこの密会は主人には内緒よ」

郁代は、乾いた唇に骨張った指を当てた。

密会、という表現に、小百合はドキッとした。

「あんまりあなたを焦らすのもかわいそうだし、わたしの気力も体力ももちそうにないから、用件を言うわね。探偵さんから渡してもらう方法もあったけど、直接、あなたに手渡したかったから。もうお会いする機会もないだろうしね」

体力がない、というのは本当らしい。それだけ話すのに、郁代は何度も息継ぎをした。

「これをお渡ししたかったのよ」

そう言って、郁代は足元の手提げ袋を指し示した。見憶えのあるデパートのものだ。だが、郁代はそれを持ち上げようとはせずに、てのひらを上に向けて受け取るように促しただけだった。

「何でしょうか」

ためらいながらも、小百合は手を伸ばした。デパートから何かを取り寄せたのだろうか。紙袋を持つと、ずしりと重い。中をのぞくと、赤い表紙の分厚い本のようなものが二冊入っている。

「それ、日記帳なの。五年日記よ。文字どおり、一冊で五年分書けるの」

「これを……」

使ってね、という意味だろうか。それにしては、新品に見えない。

「それ、途中まで書いたけど、七年目で挫折したの。だから、二冊あるわけだけど」

「これを……」

どうしろと言うのか。面食らって惚けたように同じ反応を繰り返すと、

「あなたにさしあげるわ」

と、天に突き抜けるような晴れやかな声で郁代は言った。

「わたしに、ですか?」

「主人のことがよくわかると思うから。それに、わたしたち、夫婦の生活のことも」

「でも、どうして、わたしに?」

「愛する人のことは、どんな小さなことでも知っておきたいものでしょう?」

答えに詰まり、小百合は生唾を呑み込んだ。祐太郎への愛はあふれるほどある。彼のすべてを知りたい。だが、立場上、それは望めないことだと了解していた。

「あなたは近い将来、主人と結婚する。わたしにはそういう予感があるの」

「何をおっしゃるんですか。わたしは結婚なんて……」

全然考えていません、と続けようとしたが、結婚相手がいるとしたら祐太郎一人きり、と認めてしまうような気がしてためらわれた。

「でも、主人といまつき合っているのは事実でしょう？」

「仕事上のおつき合いをさせていただいているだけです」

それは本当だ。三年前に仕事がきっかけで商社に勤める祐太郎と知り合ったのだった。

「デザイン関係のお仕事をされているのよね。舞台衣装のデザインとか」

「そうです」

「じゃあ、あのときのチケットも、やっぱりあなたがくださったのね？」

チケット、と聞いてすぐに何のことか閃いたが、小百合は黙っていた。

「変だと思ったのよ。あの人、お芝居にわたしを誘うような人じゃなかったから。病気をして、再発を恐れていたわたしを気遣って、『歌舞伎でも観に行こうか』と言い出したのかと思ったけど、そうじゃなかったのね。わたしを騙しているという後ろめたさがあったのかしら。それで、罪滅ぼしの意味で妻のわたしを誘ったのね。それとも、小百合さん、あなたのお心遣いかしら。『たまには奥様と一緒にどうぞ』って」

「あれは……」

当時、祐太郎との夜のデートに、映画館や劇場は何度も利用した。〈これは仕事に生かすためよ〉と自分の胸に言い聞かせると、罪の意識が少しだけ薄れた。祐太郎と観た芝居のチケットをさらに二枚入手できたので、「わたしのためにも奥様と行ってあげて」と、祐太郎に頼んだのだった。郁代の言うように罪滅ぼしの意味もあったかもしれないし、自分たちのつき合いを巧妙に隠すカムフラージュの意味もあったかもしれない。「数年前に大病をしたんだ」と、妻について語った祐太郎の横顔が寂しげに見えたので、彼の寂しさを紛らわせてあげたい気持ちもあったのだろう。

「いまとなってはどうでもいいの」

郁代は、肉の落ちた肩をすくめて、「とにもかくにも、主人と二人でお芝居が観られたのだから。幕間に子供みたいにはしゃぎながらお弁当も食べたし」と言い、「楽しかったわ、すごく」と、ひとりごとのようにつけ加えた。

「すみません」

思わず謝ってしまい、小百合はハッとした。

「いいのよ」

と、郁代はまた微笑み、「わたしの人生は残り少ないの。人間って、死期を悟ると、真実が見えてくるものなのね。神経が研ぎ澄まされて、不思議な能力が生まれるのかもしれない。わたしには見えるの。わたしが死んだあと、あなたはきっと主人と結婚するわ」と、予言者のように言葉を重ねた。

小百合は激しくかぶりを振ったが、祐太郎との結婚を否定したのか、郁代の死を否定したのか、自分でもよく理解できなかった。

「わたし、主人の性格は把握しているつもりよ。だから、わたしが死んだあとのことが手に取るようにわかるの。彼は、わたしのものを整理するでしょう。わたしの両親はとっくに亡くなっているし、きょうだいもいない。次の人のためにも遺品をすべて処分してしまうと思うの。だって、前のときがそうだったから」

「前のとき?」

「あら、ご存じないはずないわよね。わたしは彼の二度目の妻だって」

「あ……ああ、知っています」

彼が再婚であることは承知している。前妻は銅版画家として有名な女性で、雑誌にもたびたび登場している。祐太郎には、離婚した前妻とのあいだに成人した男の子が一人いる。

「彼と暮らし始めたとき、前の奥様のものが何にもなくてびっくりしたわ。もちろん、奥様がご自分で買った家具などは持って出られたみたいだけど、それ以外の二人で使っていたものもすべて捨てたんですって。二人が写った写真とかもね。『君との生活はゼロからスタートしたいから』と言われたけど、あまりにも徹底しているので驚いたわ。だって、彼は基本的にはものを大切にする人だし。あなたも知っているでしょう？」

「ああ、ええ」

気に入ったものを大切に長く使う。「それが最終的には地球の資源を守ることにつながる」という祐太郎の論理もまた、小百合は愛していた。

「この日記もわたしの死後に見つけたら、彼は捨ててしまうでしょう。だから、こうしてあなたをお呼びしてさしあげようと決めたの。これは、わたしの形見。そう思って、気味悪がらずに受け取ってくださいな。もしどうしても嫌というのであれば、わたしが死んだあとに捨てるなり焼くなり、好きなようにしてください。わたしの存在しない世界でね」

息継ぎを頻繁にしながら語る郁代の表情には、鬼気迫るものがあった。断ることなどできずに、気がついたら小百合の目は潤んでいた。

郁代さんの予言が当たり、私はいま近藤祐太郎の妻となっている。郁代さんの最後の日記から今日でちょうど一年。このまま五年日記を書き続けるべきかどうか迷っている。とりあえず今日一日だけ書いてみようと思い立って、こうして書いている。明日からどうするかまだわからない。結局、日記は捨てられなかった。手元にあり、空白を見ると書きたくなってしまう。やっぱり、捨てるべきだろうか。しかし、日記を捨てることは郁代さんの歩んだ人生すべてを否定してしまうようで、どうしてもできない。

3　八年目の日記

＊

二日目もこうして書いている。亡くなった前妻の日記によくも続けて書けるものだ、と人は言うだろう。私もそう思う。郁代さんに何らかの共感を覚えているのは事実だ。が、どんな種類の共感なのか分析できずにいる。夫の目を意識せずに書けるのは、「自宅に仕事部屋を持つのは当然」という祐太郎さんの考え方が大きく影響している。寝室とは別に夫婦それぞれ個室を持っている。私はこの部屋で徹夜で仕事をすることもある。祐太郎さんは私の仕事を尊重してくれる。いい夫だと心から思う。

＊

郁代さんは去年の秋に亡くなった。それから昨日まで、彼女の日記を読まずにきた。去年の六月五日で終わったままの日記。一年後に「喪が明けた」と勝手に私は解釈した。暇を見ては日記を読み返すことにした。祐太郎さんの性格についての記述を見つけた。スーパーへ行き、日付けの新しい牛乳を買おうとした郁代さんに彼が言った。「牛乳の廃棄率を下げるためにも、古い日付けのものから消費すべきだよ。それが地球の資源を守る姿勢につながる」と。私もまったく同じことを言われた。それで、強烈に彼に惹かれたのだったが。

＊

夫婦のあいだに秘密はあるか。ある。この日記がそうだ。夫には隠している。郁代さんに口止めされたわけではない。彼女は、自分の死後、私の好きなようにしていいと言った。だが、日記の存在を夫に秘密にすることが彼女との約束のように思える。祐太郎さんはどうだろう。私に秘密にしていることはあるのか。前妻との、前々妻との結婚生活について、彼はひとことも語らないから、こちらも聞かない。聞けば話してくれるのか。しかし、何を聞いていいのかわからない。

＊

日々の記録というより、夫と前妻と現妻である私の三者関係についての「心情語り」の様相を呈している。やっぱり、「前妻日記」なんて引き継ぐべきではなかったか。だが、郁代さんの真摯《しんし》な気持ちには応えてあげたい。少なくとも、彼女は赤裸々に日々を綴っている。ちょっと胸が痛む記述があった。六年目から祐太郎さんの「接待ゴルフ」が増えているが、そのいくつかは私との私的なゴルフだ。妻の目を盗んで逢引していた私たち。ふと自分の行いが彼女の心を傷つけ、体調の悪化につながったのではと思い、背筋が寒くなった。

＊

一週間ほど日記を書かなかった。とにかく仕事が忙しかった。大きな仕事が一つ片づいた。だから、久しぶりに祐太郎さんと外食しようと思ったのに、今度は彼が忙しくなったという。一週間の出張が入った。その前にまとめておきたいレポートがあるとかで、仕事部屋にこもってしまった。寂しい。何だか結婚前のほうがお互いの予定を合わせて、一緒においしいお酒を飲む機会が多かったように思う。仕方ないので、ふて腐れて一人でワインを飲みながら書いている。酔いが回るのが早い気がする。

＊

昨日の日記に赤ワインのしみをつけてしまった。祐太郎さんのせいだ。今日から一週間、彼はいない。専業主婦だった郁代さんは、夫が出張のあいだどうしていたのだろう。日記を読み返したが、彼女はいろいろと一人でできる趣味を持っている。ガーデニング、パッチワーク、お菓子作り、編み物……。彼女の作品が一つもこの家に残っていないのが哀れで寂しい。庭は全部、彼女の死後、祐太郎さんが業者に頼んで掘り返させ、更地にしてしまった。そこまでしなくてもと思ったが、「新鮮な気持ちでこの家で暮らしてほしい」と言われると、言葉を失う。

＊

「疲れた」と言いながら夫は帰宅した。靴下をその辺に脱ぎ捨ててソファに倒れ込む。だらしない祐太郎さんの姿をはじめて見た。これが結婚というものか。交際中はきれいな部分しか見なかったから。でも、これもいいものだと思う。これで私もちょっとは気が緩められるかな。祐太郎さんに嫌われないように、家の中でもきちんとお化粧してきれいな格好を心がけていた。彼は現在入浴中。久しぶりに一緒にお酒が飲める。ウキウキ。

＊

けさ、夫がキッチンで錠剤を飲んでいた。「何の薬？」と聞くと、「血圧を下げる薬だよ」との返事。「血圧高かったの？」「いや、それほどでも。これは予防薬みたいなもの」。にわかに心配になった。交際中、祐太郎さんは私の前で薬を飲んだことなどなかったが、どこか悪いのだろうか。郁代さんの最後の日記が気になる。神様に「彼だけは再発しませんように」と願っている。最後の記述だけに、私を混乱させるために思わせぶりなことを書いたのかも、と警戒していたが、本当なのかもしれない。

＊

一週間様子を見ていたが、あれから私の前で薬を飲む気配はない。夜中に引き出しを探してみたが、診察券などは見当たらなかった。祐太郎さんが保険証と一緒に持ち歩いているのかもしれないけど。「定期検診受けてる？」と聞いたら、「当然、受けてるよ。会社勤めなんだからさ」と笑っていた。顔色もよく元気そうだ。「何か大きな病気したことある？」との質問には、しばらく考えて、「子供のときのおたふくかな」と答えた。「それから、水ぼうそうにはしか」と。大丈夫そうね。

＊

結婚後、はじめて二人でコースを回った。楽しかった！　交際中のゴルフも楽しかったけど、夫婦でするゴルフはもっと楽しい。誰の目もはばからずにイチャイチャできるし、わがままも言える。祐太郎さんの新しい顔も発見できた。恋人時代は、私のほうがスコアがよくてもニコニコしてたし、ひたすら「ナイスショット」なんて喜んでたけど、夫婦になったら妻に対してライバル意識が芽生えたみたいで、自分よりいいショットを打つと、「コンチクショウ。負けられん」なんて顔を真っ赤にする。痛快だった！

＊

夫の飲み会が続いている。そのせいか、けさ、コーヒーを飲みながら、祐太郎さんは胃のあたりに手を当てて顔をしかめた。「痛むの？」と聞いたら、「少し」と言う。「お医者さんに行ったら？」と勧めたが、「そんな暇はない」だって。しつこく勧めると、「空き時間に会社のビルに入っているクリニックへ行くよ」と言ってくれた。ポリープ？　胃炎？　胃潰瘍？　それとも……。何だかすごく心配になってきた。今日も帰りが遅い。今日は残業で飲み会ではないみたいだけど。

＊

あれほどうるさく言ったのに、まだ医者にはかかっていないらしい。このところ、私の頭の中には恐ろしげな漢字が浮かんでいる。胃癌とか再発とか。病気の再発を恐れていた郁代さんの気持ちがよくわかる。彼女の肉体はもうこの世にはないというのに、彼女の直筆だけに、日記を通して不安な気持ちが生々しく伝わってくる。今度の土曜日、祐太郎さんの身体にロープをくくりつけてでも病院へ引っ張って行こうと思う。

＊

ようやく夫は病院へ行った。「一緒について行く」と言ったら、「子供みたいで嫌だ。一人で行く」と重い腰を上げてくれたのだ。胃カメラを撮ってもらった結果、軽い胃炎だとわかったという。「心配ない。大丈夫だってさ」「本当？　わたしがもう一度聞いて来ようか」「どうして？」「心配だから」「本人が大丈夫だと言ってるじゃないか」「だけど」「しつこいな。夫が信用できないのか？」。そんなやり取りがあって、ちょっと気まずくなった。

4

銅版画家である尾崎多佳子《おざきたかこ》の個展は、大通りに面した銀座の画廊で開催されていた。作家本人と話ができるようにと、小百合は土曜日を避けて平日の夕方を選んで事務所から足を運んだが、予想以上に画廊内は人が多かった。雑誌やテレビで顔が売れている美人銅版画家だから仕方ないのだろう。出直すことにして、小百合は本屋やデパートを回り、ふたたび画廊へ戻った。今度は人の姿が見えなかった。

尾崎多佳子は、真ん中に置かれたソファに座り、画廊の支配人らしい男性と談笑していた。小百合の姿を認めて軽く会釈をしたが、もちろん面識があっての挨拶ではない。自分の作品を鑑賞に訪れた者への礼儀だ。

ギリシャ神話をモチーフに蔓薔薇と組み合わせたエキゾチックな作品の数々を見て回り、小百合はソファの多佳子に近づいた。

「こういう者です」

名刺を渡すと、多佳子は立ち上がって、自身も名刺をバッグから取り出した。小百合は職場では旧姓を使っている。

「近藤小百合です。主人が大変お世話になりました」

と、戸籍の姓を名乗り、過去形で挨拶すると、多佳子はすぐにピンときたらしい。男性支配人に目配せした。

「近藤祐太郎の前の妻、郁代さんは去年の秋に病気で亡くなりました。ご存じでしたか？」

男性支配人が奥に消えると、小百合は切り出した。

「ええ、もちろん。葬儀には失礼させていただいたけど、彼女のことはよく知っています。お友達でしたから」

お友達、という言葉に、小百合の記憶の中枢が刺激された。尾崎多佳子の名前のイニシャルはTだ。郁代の日記に「久しぶりに会ったT子さんに『やせた？』と聞かれた」とあったが、あれは多佳子のことではなかったのか。

「祐太郎さんと離婚なさってからも、郁代さんとは会われていたんですか？」

それで、そう尋ねたら、案の定、「ええ」と多佳子は笑みを口元に浮かべた。五十歳を過ぎているようには見えない若々しさだ。自分がいちばんきれいに見える髪型や化粧や服装を心得ている女性だ、と雑誌やテレビで見るたびに小百合は思う。

「わたしたちは憎しみ合って別れたわけじゃないの。子育てのことで衝突して、次には仕事のことでズレが生じて、それで……。郁代さんとは離婚する前から夫婦ともにおつき合いがあったけど、彼女のせいで別れたとは思っていないのよ。郁代さんは、わたしとはまったく違う性格の女性だったでしょう？　わたしとは違って家庭を最優先する専業主婦だったし、お料理も家事も得意だった。わたしなんて、自慢じゃないけど、一緒にいたときに嫌々ながらお料理してたのよ。子供が高校時代は仕方なくお弁当を作ってたけど、それから解放されたら、家事なんてまるっきり嫌いになって。でも、わたしとは正反対の性格の女性だったからこそ、郁代さんとは気が合ったの。彼女には幸せになってほしかった。彼とのあいだに子供ができなかったのは残念だったけど、でも、二人でいつまでも幸せに暮らしてほしかったの。病魔が彼女を襲いさえしなければね。彼女は、再発するのを恐れていたわ」

「おうかがいしたいことがあるんですが」

入ろうかどうしようか迷っている通行人の姿を通りの向こうに認めて、小白合は急いで言った。「祐太郎さんは、尾崎さんと生活なさっていたときに病気はしませんでしたか？」

「病気？」

多佳子は訝しげな顔をして、「どの程度の病気かしら」と続け、「風邪ならしょっちゅうひいてたわよ。あの人、伊達《だて》の薄着だったから」と笑った。

「いえ、風邪とかじゃなくて、その……大きな病気です。たとえば、再発を恐れるような」

「再発を恐れるような病気？」

と、多佳子は繰り返して、「何かしら」のあとに「なぜかしら」を素早く言い添えた。「なぜ、そんなことを聞くの？　彼、まさか、いまどこか……悪いの？」

「そうじゃないんです」

小百合はあわてて首を振って、少し考えたが、多佳子の気さくな人柄を信じようと決めた。

「生前、郁代さんが心配していたんです。彼だけは再発しませんように、って。でも、どんな病気なのか、言わないままに息を引き取られて。だから、わたし、いまも気になっていて。祐太郎さんには直接聞きにくいんです。いえ、聞いてもきっとはぐらかされてしまうでしょう」

「再発ねえ。どんな病気かしら」

多佳子は首をかしげていたが、「わたしが知っているかぎり、痔くらいしかないわよ」と言って、さっきより大きな声で笑った。

「痔……ですか？」

初耳だったので戸惑っていると、

「あら、ごめんなさい。とっくに完治してたかしら」

と、多佳子は両手を顔の前で激しく振った。「余計なことを言ってごめんなさいね。彼のイメージが壊れた？」

「いえ、別に」

とは答えたが、小百合の顔はこわばっていた。客観的に見て、痔を患っていた祐太郎を知る多佳子のほうが、新妻の小百合より夫婦の絆は強かったと思われる。

「茶化してごめんなさいね。郁代さんにしてみれば、深刻な悩みだったんでしょうね。『彼だけは再発しませんように』って祈るなんてね。何だろう。……わからないわ」

多佳子はかぶりを振って、ごめんなさいね、とふたたび謝った。

「もっと若いころに何か病気をしたんでしょうか。たとえば、尾崎さんと結婚する前に」

「わたしと結婚する前？　だったら、あの人と同棲していたときよね」

「誰かと同棲……していたんですか」

これも初耳だったので、小百合は面食らうとともに衝撃を受けた。

「あら、彼から聞いていなかった？　そうかもしれないわね。彼って、聞かなければ答えないタイプだから。聞けないような雰囲気を作るズルい男でもあるけどね」

まったくそのとおりだ。小百合が心の中でうなずいていると、

「わたしと結婚する前に、内縁の妻がいたのよ。籍を入れないで生活していた女性がね。とても献身的で家庭的な女性だったわ。でも、二人とも若かったし、両家に結婚を反対されて、それぞれに家との確執があって……。彼女がお見合いで田舎に帰っているあいだに、彼がわ

たしに接近してきて……と、そんな感じで、あの二人の仲は壊れてしまったの。子供でもできていれば籍を入れていたんでしょうけどね。タイミングが悪かったとしか言いようがないわ。で、結婚したのが、彼女とは正反対の当時で言うバリバリのキャリアウーマンのわたし。家事もろくにできなければ、頭の中は仕事ばかりって女。でも、そんな女を彼はおもしろがってくれたのよ」

多佳子は、その当時を懐かしく思い出すような目をしてから、「それにしても、病気って、再発って、何なのかしら」と、我に返ったように目を見張って言った。

5　九年目の日記

郁代さんから引き継いだこの五年日記も、今日、六月五日で九年目を迎えた。郁代さんはきっと、ずっとずっと、永遠に書き続けたかったのだろう。それだけ祐太郎さんを愛していただろうから。もう何度も彼女が書いた部分を読み返したが、そのたびに胸が痛くなる。再発を恐れていた彼女を平然と騙していた私たち。祐太郎さんにお芝居に誘われて、少女みたいに喜んでいた郁代さん。あの世の彼女に改めて謝罪しよう。ごめんなさい。そして、天国から私たちを見守ってください、とお願いしよう。

＊

昨日は「私たち」と書いたが、本当は私だけを見守ってほしい。私に力を与えてほしい。祐太郎さんの元の妻として何らかのアドバイスを与えてほしい。なぜなら、最近、彼の様子がおかしいから。変な時間にケータイに電話がかかってきたり、こまめにメッセージを消したりと、つねにケータイを意識している。寝るときもベッドのそばに置いたりして。女の影、を感じる。

＊

仕事を早く切り上げて帰り、夫の部屋を探したら、一冊の本が出てきた。女性料理家が書いたピンク色の表紙のエッセイ集。こんな本に彼は興味があっただろうか。ひどく気になる。が、いまは彼に問《と》い質《ただ》せない。部屋に入ったことをとがめられたら、何と答えたらいいのか。私は信用を失って、彼に嫌われてしまうかもしれない。なぜこんなに疑心暗鬼になるのだろうか。やっぱり、郁代さんの日記のせいか。「再発」という言葉にとらわれている私。

＊

夫は私にうそをついた。出張を一日ごまかしていた。会社に電話をして判明した。誰か女と旅行？　私のときと同じように、子供じみた偽装工作をしてスリルを味わって楽しんでいるの？　だけど、なぜ、そんなことをするのだろう。私を嫌いになったのだろうか。だったら、そう言ってほしい。でも、嫌われる理由が思い当たらない。私が何をしたの？

＊

夫の浮気の証拠を集めることにした。もしかしたら、私が気づかないのをいいことに彼は増長しているのかもしれないし、決定的な証拠を突きつけたら目を覚ましてくれるかもしれない。もしやと思って、尾崎多佳子さんに連絡したら、やっぱりあの探偵さんを知っていた。中谷充こと花井健を。昔、彼のファンだったそうだ。多佳子さんが郁代さんに中谷充を紹介したのだという。

＊

思ったほど調査費用は高くはなかった。有能な探偵の報告によれば、思ったとおり、夫にはつき合っている女性がいた。庄司《しょうじ》美砂《みさ》。私より二つ年下の女。離婚歴があり、現在は実家で両親と住んでいる。家事手伝いをしながら、自宅で子供たちにピアノを教えているという。一週間に二回、夫は彼女と会っていた。食事をしたり、ピアノのコンサートへ行ったり。決定的な写真が撮れたわけではないが、それだけでも充分、妻である私への裏切りだ。

＊

今日、庄司美砂を至近距離から見た。あちらは気づかなかったと思う。夫が私の写真を彼女に見せていなければ、私の顔など知っているはずがないけど。探偵が調べてくれた住所を探し当てると、庄司美砂らしい女性が玄関前を掃除していた。ほうきで掃く。たったそれだけの動作だったが、ああ、この人は家庭的な人なんだな、と直感した。家事をやり慣れている女のしぐさだ。私の苦手な女。そんな気がした。

＊

「ここまで踏み込んでいいかどうかわかりませんが、早まらないほうがいいと思います」

――探偵・中谷充のあの言葉が鼓膜に張りついている。ふだん、探偵はそこまでアドバイスしないのだろう。淡々と調査結果を伝えるだけでいいのだから。よほど私が悲壮感を漂わせていたのか。昨日も夫の帰りは遅かった。「仕事じゃないんでしょう？　女でしょう？」と、皮肉を言ってやろうかと思ったが、「早まらないほうがいい」という探偵の言葉が脳裏をよぎり、言葉を呑み込んだ。

＊

夫と庄司美砂のことばかり考えて、頭が変になりそうだ。仕事中、うわのそら状態でミスをした。寸法を測り間違えて布が足りなくなったのだ。このままではいけない。何とかしなくては。夫の私への接し方は、表面上は変わらない。それどころか、いままでより優しくなったように感じられる。だからこそ、怪しい。後ろ暗いところがある男は、妻に優しくなるのだという。

＊

夫の言動を理解する何らかのヒントが隠されているのではないかと、郁代さんの日記を何度も読み返した。夫のことは妻がいちばんよく知っている。ならば、前の妻である郁代さんも知っていたはず。そう考えたのだ。と、ここまで書いて閃いた。尾崎多佳子さんだって、祐太郎さんの妻だったではないか。しかも、死んではいない。生きたアドバイスをもらえるということだ。私は何て恵まれているのだろう。彼女にもう一度会おう。

6

「そろそろいらっしゃるころだと思っていたんですよ」

尾崎多佳子は、ガラスのテーブルにコーヒーカップを置くと、緊張した面持ちの小百合に微笑みかけた。

雑誌で見たとおりの部屋だわ、と小百合は遠慮がちに室内を観察していた。オフホワイトの壁のところどころに、多佳子の作品が飾ってある。多佳子の名刺にあった番号に電話をしたら、「わたしの自宅にどうぞ」と誘われたのだった。

テーブルのガラス越しにブランドもののスリッパを履いた自分の足が見える。足を揃え直して、小百合はコーヒーに口をつけた。マンションのリビングルームは三十畳以上の広さがある。キッチンはリビングルームから見えない場所にあるらしく、コーヒーを入れていた多佳子の姿は見えなかったが、ひと口飲んだだけで、豆から挽いた味であるのがわかった。

「何かわたしに相談があったんでしょう？」

自分はコーヒーを飲まずに、多佳子は聞き役に専念する姿勢を見せた。

「どうしてわかったんですか？」

「だって、わたしたちって、すごく似ているんですもの。わたしが小百合さんの立場だったら、って考えると、小百合さんの行動パターンが読めてしまうの」

「相談というのは……」

そこまでズバリと言われると、かえって相談しやすい。小百合は、言葉を切ってため息をついた。

「祐太郎のことね」

と、かつての夫を呼び捨てにして、多佳子は口元を引き締めた。「このあいだは病気のことを聞いたけど、今度は違うわね」

「はい」

「花井健……じゃなかった、中谷充の連絡先を小百合さんに電話で聞かれたけど、探偵に依頼するのは、夫の女性関係と相場が決まってるわ」

祐太郎の前の前の妻は、何でもお見通しのようだ。

「実は……」

祐太郎と生活をともにした経験のあるこの女性にならば何でも話せる。小百合は心を開いて、郁代の日記のことや夫と交際中の庄司美砂のことを包み隠さず多佳子に話した。

「そう」

話の腰を折らずに黙って聞いていた多佳子は、頭の中で整理するように軽く何度かうなずくと、「郁代さんは五年日記をつけていたのね。自分の命ができるだけ長く続くようにとの願いがこめられていたのかしら。二冊目に入っていたのに残念だわ」と、感慨深げな表情で言った。もっとも注目したのは、郁代の日記だったのだろう。

——前妻の日記を引き続き書くなんておかしい。

多佳子がその種の嫌悪感を示さずにいてくれて、小百合は安堵した。

「最後の日記には、『彼だけは再発しませんように』と書かれていたのね」

「ええ、『私がいなくなったあと、彼が幸せな人生を送るためにも』と締めくくってありました」

最後の日付けの日記はそらんじている。

「それで、去年、小百合さんは祐太郎の病気のことをわたしに聞きに来たのね」

多佳子は、記憶を探るような目をして、正面の自分の作品を見つめている。アフロディーテの髪の毛が蔓薔薇に変化していく構図だ。

「郁代さんは、心底、彼の幸せを願っていたんだわ」

「えっ？」

「その日記を小百合さんに託したということは、あなたへの忠告でもあったのね」

「どういう意味でしょうか」

なぜ、日記をわたしに渡したのか。その疑問はずっと抱き続けていた。

「自分の死後、祐太郎が小百合さんと再婚する。そう予感した郁代さんは、もし彼の病気が再発しても、適切な治療を施して幸せな家庭を維持してほしい。そう願っていたんじゃないかしら」

「やっぱり、祐太郎さんには何か持病があるのでしょうか。それも、再発を恐れるような大きな病気が」

真剣な顔で聞いた小百合に、多佳子は不謹慎だと思われるほどの大きい笑い声を浴びせた。笑いがおさまると、「病気と言えば病気かもしれないわね。はしかみたいなもので」と静かに言った。「わたしの前に同棲していた女性。わたし。郁代さん。小百合さん。庄司美砂さん。祐太郎には五人の女性がいるわけだけど、何か気づかない？」

はしかに似た病気とは何だろう。時間をかけても気づきそうにないのがわかったので、即座に小百合は首を横に振った。

「わたしの前の女性は、とても家庭的な人だった。わたしは正反対の仕事一途の女。郁代さんは、わたしとは違ってこれまた家庭的な女性。小百合さんはわたしに似ている。仕事の内容もね。庄司美砂さんは、話を聞くかぎりでは、どちらかと言うと郁代さんタイプの女性みたいね。……そう、祐太郎は、結婚生活が落ち着いてしばらくすると、いまの妻とはまるで性格の違う、正反対な性格の女性に惹かれてしまうのね。そういう性分なのかもしれない。それを見抜いていた郁代さんは、自分が死んだあと、あなたと再婚して彼が幸せになるかどうか心配していた。だから、彼の〈移り気〉が再発しないように願って、日記に書いた。それを小百合さん、あなたに見せることで注意を促したかったのかもしれない」

「わたしはどうすればいいんですか？」

思いもよらなかった夫の〈病気〉に、小百合は呆然自失した。

「さあ。それは現在の妻であるあなたが考えることかもしれないわね」

祐太郎の前の前の妻である多佳子は、突き放すような言葉を、しかし、優しげな光を瞳に宿らせて言った。

7

再発。郁代さんは、それをどれだけ恐れていたことだろう。確かに、再発は恐ろしい。だが、病気が再発したからと言って、すべてが終わるわけではない。希望はある。多佳子さんが言っていたではないか。もし彼の病気が再発しても、適切な治療を施せばいい。そのとおりだと思う。「早まらないほうがいい」という探偵のアドバイスも心にとめておこうと思う。じっくりと適切な治療法を見つけよう。一年後の今日、私はどんな日記を書くだろう。二冊目の五年日記。どうせなら使い切りたい。郁代さんの遺志を継いで。

約束

1

「ここで結構です。ありがとうございました」

マンションの白い建物が見えたところで中原冬美《なかはらふゆみ》は奥田《おくだ》に向き直り、やや硬い口調で礼を言った。

「また連絡していい？」

奥田の声には名残惜しそうな色合いがこめられている。

やっぱり、そうだ。寄って行くつもりでいたのだ。これからどうしよう、と冬美は気が重くなった。交際を申し込まれても、つき合えないのはわかりきっている。

「わたしからします」

きっぱり言ったつもりが、さっきより口調が柔らかくなった。

「じゃあ」

男が手を振り、去って行く。

こちらも踵《きびす》を返してエントランスに向かおうとしたとき、街路樹の陰からいきなり誰かが飛び出した。冬美は、身体を硬直させた。

街灯に照らされた女の顔は、幽霊のように白かった。

林純子《はやしじゅんこ》だった。林景介《けいすけ》の一歳違いの妹。つまり、冬美と同い年。

「こんばんは」

なぜこんなところにいるの、と問い詰めたかったが、それはできない。

「いまの誰？」

挨拶抜きに、純子は、顎の先を冬美と奥田が歩いて来た道へと向けた。

「奥田さんという方よ」

誰だっていいでしょう？　と言い返したい気持ちを抑えて、努めて穏やかに返す。

「どういう関係？」

相手は問い詰めてくる。

「仕事の関係の人」

「夜、家まで送ってもらうような関係？」

「頼んだわけじゃないわ。あっちが勝手について来たのよ」

それは本当だった。冬美の勤める市場調査会社にシステムエンジニアとして定期的に派遣されて来る奥田とは、たまたま残業を切り上げた時間が一緒になって、夕食も一緒にしただけだった。「送って行くよ」と奥田が申し出たのを冬美は断ったが、最近、隣町でひったくり事件が続いているのを知っていた彼は、「被害に遭ったのは若い女性だったから、用心したほうがいい」と、半ば強引について来たのだった。

「飲んでるでしょう?」

純子の目がきつくなった。純子とは年齢が同じだけではなく、背の高さもほぼ一緒だ。目線の高さが同じせいか、互いの表情が細かな部分までよくわかる。

「ビールくらいはね」

奥田が瓶ビールを一本頼んだので、コップに一杯飲む羽目になった。が、その程度で酔いはしない。元来、お酒は強い体質である。

「さっきの男、家に入れたことがあるんじゃない?」

「ないわ。送ってもらったのも今日がはじめてだし」

「わたしが来たときに偶然会うなんて、できすぎてる感じだけど」

「あれから、男の人は一人も部屋に入ってないわよ」

「本当?」

「確かめてみる?」

マンションの前で言い合っていてもらちがあかない。冬美は、さっさとエントランスに入り、後ろを振り返らずにオートロックのドアを開けた。純子はついて来る。

部屋に入って電気をつけ、エアコンのスイッチも入れて、冬美はキッチンへ行った。純子がこの部屋に入ったのははじめてではないので、座る場所は指定しなくてもわかっているだろうと思った。案の定、純子は、以前座った場所――ダイニングテーブルのテレビ側の椅子に座り、カウンター越しにこちらの動きをうかがっている。

「男の痕跡、何かある？」

冬美はコーヒーをいれながら、自分から室内へと視線を移した純子に聞いた。

それには答えず、「ここに兄が通っていたのよね」と純子は静かに言った。

「このあたり、夜の女の一人歩きは危険よ。近くでひったくりがあったの、知らない？」

冬美は、濃いめにいれたコーヒーを来客用のカップに入れて純子の前に置き、さっきの純子の言葉が聞こえなかったふりをして言った。

「だから、もう来るなってこと？」

純子はつっかかるように言い、「様子を見に来ただけじゃない」と、不機嫌そうに言葉を継いだ。

冬美は、マグカップにたっぷり入れたコーヒーに口をつけた。今夜は眠れそうにない。どうせ眠れないのなら頭を冴えた状態にしておきたい。

「忘れてないでしょうね」

マグカップから口を離した冬美に、純子は鋭い刃のような言葉をぶつけてきた。

「忘れてないわ」

だから、大丈夫よ、と内心で続ける。大丈夫だと言っているのに、この女はしつこい。こうやって監視を続けるつもりなのだ。会社のそばで見張っていたらしく、帰りがけに出くわしたことも一度や二度ではない。

「じゃあ、言ってみて。わたしと交わした約束を」

冬美は黙っていた。少女漫画じゃあるまいし、そこまでする必要はないじゃないか、とわずかな抵抗を試みた。すると、かわりに純子が言った。

「絶対に自分だけ幸せにならないこと。林景介がふたたび立ち直るまでは。そう、再起するまでは」

自分がいま言った言葉を冬美に心の中で復唱させる時間を与えておいて、純子は席を立った。コーヒーには少しも口をつけずに。

2

景介はまだ起きているらしい。奥の和室の引き戸の隙間から廊下に明かりが漏れている。

「お帰り。どうだった?」

純子の母親、知子《ともこ》が居間から寝巻き姿で出て来た。両親が一階の居間を寝室にしてから二年がたつ。居間からだと景介の部屋に行きやすいからだった。必然的に、ダイニングキッチンが居間がわりになった。純子の部屋は二階にある。景介が使っていた洋室はいまは空室だ。

「別に何も。疲れただけ」

と、純子は応じた。本当に疲れていた。純子は、郊外型のドラッグストアに薬剤師として勤めている。近隣一帯のチェーン店が集まっての新年会があるから、とうそをついて、「今日は帰りが遅くなる」と知子に伝えてあったのだった。ある女性の帰宅を待ち伏せしていた、などと本当のことを言えるわけがない。

「景ちゃん、まだ起きているみたいだね」

年子の兄のことは小さいころから「景ちゃん」と呼んでいる。小学生時代の景介は身体が小さくて、一歳年下の純子と体格があまり違わなかった。それが中学に入って急に身長が伸び、肩幅も広くなった。一年生の二学期からバスケットボールを始め、たちまち頭角を現した。バスケット部の強い高校に推薦で入り、大学でも競技は続けた。一つのスポーツを長年続けた実績が評価されたのか、卒業後は社会人によるバスケットボール部を持つスポーツ用品会社に就職した。

「そうなのよ。ベッドには移したんだけど、そこでパソコンをやってるようね」

「今日も散歩はしなかったの？」

「かぜぎみだとかで、外には出たがらなくて」

「そう。じゃあ、明日、わたしが病院に連れて行く」

「あの子、行くかしら」

「大丈夫、引きずってでも連れて行くから」

母親の心を和ませようとおどけて身体に縄をかけて引っ張るまねをしたが、知子の表情はほぐれなかった。母親も疲れているのだ、と純子は思った。外で仕事をしている純子と違って知子は一日中家にいる。いなければならない。父親の正雄《まさお》には糖尿病の持病があり、それが膝の痛みを誘発して無理がきかない身体となっている。それでもできるかぎり夫婦で力を合わせて、息子である景介の介護に当たっているのが現実だ。

「お母さん、早く寝たら？　わたし、ちょっと景ちゃんの様子を見てから寝る」

そう言って、純子は奥の兄の部屋へ向かった。小さいころ、祖父母の部屋として使っていた和室だ。この家の中では広いほうで、八畳あり、広縁もついている。

「景ちゃん、起きてる？」

廊下側の引き戸は板張りになっている。そこをノックしたが、返事はなかった。が、明かりがついているのは確かだ。

「入るよ」

ひとこと断って、純子は引き戸を開けた。

景介はベッドの上で、こちらを見ずに指だけ動かしている。簡易テーブルに載せたノートパソコンでインターネットをしているのだろう。

「一日中、外の空気を吸わなかったんだって？」

純子は画面が見えない位置に立って、口を尖らせてすねたように言い、「不健康だよ」とつけ加えた。

「おお、不健康で結構だよ」

長時間、声を出していなかったのだろう。景介はかすれた声を出して、じろりと純子を見上げた。

純子は、不健康、という言葉を不用意に使ってしまったことを後悔した。景介は、とっくに健康体ではなくなっている。

「開き直らないでよ。お母さん、散歩に連れて行くって言ってたでしょう？」

しかし、現実から逃げるわけにはいかない。少しでも前に進まなくてはいけない。

「なんか寒気がしてさ」

「かぜぎみだって？」

「ああ」

「今日はわりと暖かい日だったのに」

「それに、おふくろも疲れているみたいだったからさ、散歩の手間を省いてやったんだよ。あれ、すっげえ重いのはわかってるんだ」

景介は、視線を画面に戻した。

あれ、というのは車椅子のことだ。

「じゃあ、明日、わたしが散歩につき合ってあげるわ」

声を弾ませて言い、「病院まで行こうか。久しぶりにリハビリしようよ」と、純子は自分の腕に力こぶを作ってみせた。

「リハビリ？」と景介の声が裏返った。

「そうよ、リハビリ。腕の力をつけなくちゃ」

「やってるだろう。こうして」

景介は、キーボードを打つ指の動きを速めた。

「そんなのは指先だけじゃない。肩や腕全体に筋肉をつけないと。丸岡《まるおか》先生だってそう言ってたでしょう？　自分でスムーズに車椅子を操れるようになるために、それから……それ以上のことができるようになるために、って」

丸岡先生は整形外科の医師で、事故後の景介のリハビリを担当している医師だ。

「それ以上のことって何だよ」

景介の声が低くなった。

「それは……」

純子は、具体的に口にするのをためらった。以前、その話題に触れて景介が苛立ちを爆発させたことがあった。髪の毛をかきむしり、奇声を発する姿に、家族はただおろおろするしかなかった。

「純子、おまえ、諦めが悪い女だな」

ノートパソコンの蓋を閉じて、景介は口元に薄い笑いを浮かべた。身体を動かさない日が続いているので、体重が増加している。シャープだった顎の線はたるみ、ときどき純子の知っている景介とはまるで別人みたいな表情をする瞬間がある。いまがそうだ。

「諦め？」

「だって、そうだろ？　どう頑張ったって、この身体はもとには戻らないんだ。リハビリして腕に力をつけてどうなる？　力をつけたところで、一人で好きなところへ行けるか？　だめだろ？　やっぱり、誰か人がついて行くか、あらゆる場面で人の助けを借りないとな。つまり、俺が動くときは他人の労力を必要とするってことだよ。それだけ、俺はみんなに迷惑をかけている人間なんだ。おとなしくここでこうしているほうがいいんだよ。おふくろだって、おやじだって、そのほうがずっと楽なんだ」

「他人の労力って、家族でしょう？　みんなに迷惑かけているって、家族でしょう？　当然じゃないの」

「迷惑をかけ合うのが家族なのか？　だったら、おまえはどうなんだ。誰にも迷惑なんかかけちゃいない。せっかく大病院に勤めていたのに辞めて、トイレットペーパーや安酒なんかを一緒くたに売っている田舎の薬屋にパートで働き始めたんじゃないか。何のためだ？　こんな身体になった不甲斐ない兄貴のためだろ？　おやじとおふくろに任せきりにしとけないから、自分がそばにいるためだろ？　俺だけが迷惑かけっぱなしなんだよ」

「いいじゃない」

涙声の応答は、小さすぎて興奮状態の景介の耳には届かなかったかもしれない。

「だから、いい加減、おまえも諦めろよ。俺をこの部屋から引きずり出して外の世界に、なんて夢みたいな考えは捨てろよな」

そう言って、景介はベッドの横に手を伸ばして、サイドテーブルから本を取り上げた。

「これは何だ？　こんな本、買ってきやがって。人より数倍早く年を取るっていう難病にかかった女の子の話。けなげに一生懸命、生きているんだって？　こういうのを読んで励まされなさい、あなたももっと勇気を出しなさい、って意味か？　その前には、両腕を機械にもぎ取られて失ったあと、努力して足の指に挟んだ筆で絵を描くまでになったとかいう男の本を買って来たよな。そういうのを俺に読ませて、どうしようっていうんだ？　自分よりひどい状況にいる人間の存在を知って、ああ、俺のほうがまだましだ、よし頑張ろう、って気にさせるつもりか？　見え透いたやり方だよな。そんな魂胆には絶対に乗らないからな。大体、俺からバスケを取ったら何も残らないんだよ。俺は役立たずなんだ」

唇を噛み締めるようにして言うと、景介はその本を純子に投げつけた。

ハードカバーの本は純子の腹部に当たり、鈍い痛みを覚えた。

景介が少し気まずそうな表情になる。

「よかった、景ちゃん」

だが、純子は微笑み返した。「まだ力が残っているじゃない。こんなふうに片手で本を投げつけられるんだから。それに、ちゃんとわたしに当たったわ。当てるつもりだったんでしょう？　コントロールだって悪くないし」

景介の頰が紅潮した。

「今日もまたいい本を買って来たの。気が向いたら読んで。気に入らなかったら、またさっきみたいに投げてもいいから」

純子は、今日、冬美の家に行く前に書店で買った一冊の本を景介の足元のほうに置いた。景介のように交通事故に遭い、下半身の機能を失いつつもリハビリを重ねて、車椅子を使ってスポーツの世界で活躍している男性の人生を描いた本だった。

――何とか再起してほしい。

そういう願いをこめて、黙ったままの景介をもう一度見ると、純子は部屋を出た。

3

純子は二階の自室へ行き、そこではじめておおっぴらに涙を流した。薬学部のある大学に入るために上京し、卒業後は都内の大きな病院に就職した。景介が健康体でなくなるまで、盆暮れに茨城の実家に帰省する生活を送っていた。景介のほうは自宅から通える会社に就職したので、純子は両親を兄に託して安心して東京で一人暮らしを続けていたのだった。

しかし、交通事故に遭い、脊髄を損傷して下半身不随になった景介を両親だけに任せることはできなかった。そこで、仕事を辞め、実家に戻って、薬剤師の資格を生かして大手チェーンのドラッグストアに転職した。薬剤師としての仕事以外の雑用が多いため、あまり同業者が就きたがらない仕事だった。そのせいか時給は高い。勤務時間も休みの日も比較的自由に選べるので、景介の介護に当たるのには便利な仕事である。

——自分のために妹が生きがいだった仕事を捨てた。

景介が負い目と苛立ちの両方を感じているのが、純子には痛いほど伝わってくる。

——あの事故さえ起きなければ。

純子の脳裏に生々しい記憶がよみがえる。

十二月中旬のあの日、景介は学生時代の友人と二人で新潟のスキー場へ行き、帰り道に交通事故に遭った。乗っていたワゴン車が雪道でスリップし、対向車線にはみ出してトラックと正面衝突したのだ。救急車で病院に搬送された景介の意識が戻るまでに五日かかった。

——このまま意識が戻らなければいい。

医師から重大な話を聞かされた純子は、そう思った瞬間もあった。

「脊髄を損傷していますので、下半身の機能が失われる可能性が大きいでしょう」

医師にはそう言われていたのだった。

意識が戻り、つらい宣告を受けたとき、純子の目には景介がかすかに笑ったように映った。その口が「冗談でしょう?」という形に動いたのを、純子は見逃さなかった。受け入れがたい現実だったのだろう。しばらくは誰とも口をきかなかった。見舞いに訪れた中原冬美とも。

――家族全員が落ち込んでいてはだめだ。わたしが先に立ち直らなくては。

純子は、悲惨な事故ではあったが、その結果をいいほうに考えようと試みた。運転していたのは兄ではなかった、下半身は動かなくなったが命は助かった、というふうに。

トラックの運転手は軽傷で済んだが、運転していた兄の友人は即死だった。友人の家族は、「息子のせいでこんな身体になってしまったのだから」と、精一杯の誠意を賠償金の形で示してくれた。

けれども、賠償金も純子の言葉も慰めにはならなかった。「命が助かってよかったじゃない」と励ましたときには、「それって本音か？　死んだほうがましだったんじゃないかな。おやじやおふくろ、おまえにとっては」と、皮肉っぽい口調の沈んだ声が返ってきた。

そして、運転していた友人が死んでしまったことは、同時に、純子たち家族が怒りや憎しみを直接ぶつける相手を失ったことも意味していた。そのつらさや苦しみのほうが大きかったかもしれない。

――だから、その憎しみの対象が……。

方向を変えて彼女に？　と思いそうになって、あわてて純子は頭を振った。これは、正当な怒りであり、憎しみだ、と自分に言い聞かせる。

なぜなら、交通事故に遭った景介に重大な後遺症が残るとわかった途端、中原冬美の足は病院から遠のいたからだった。景介には冬美の存在が大きかったのだろう。再起への意欲を失った原因は冬美にある。純子はそう信じていた。

4

会議室の中は華やいだ甘い香りが充満していた。四十人の女子高校生たちが身体につけたオーデコロンやヘアケア製品に含まれる香料の類だろう。

「みなさん、お疲れさまでした。気をつけて帰ってね」

会議室のドアを開けて、冬美はモニター役の彼女たちを送り出す。

「ねえ、あそこ寄って行こうよ」

「いいよ」

女の子たちはおしゃべりしながら、それぞれ気の合う子と組んで帰って行く。

「あれ、観た？」

「ううん、まだ観てない」

「じゃあ、これからどう？」

「うん、いいよ」

そんな会話を耳に拾って、冬美は「ねえ」と声をかけた。耳にした映画のタイトルは、去年発売されて大ヒットしたケータイ小説が原作のものだった。若い男女の恋愛小説とされてはいるが、原作はドラッグや援助交際やレイプなどをテーマにしたかなり過激な内容で評判になっていた。主人公が難病に冒されていて悲恋に終わる結末も多くの若者の共感を呼んだようだ。

「その原作、あなたたちは読んだ？」

冬美は、映画を話題にした二人の女子高生に尋ねた。

「もちろん」と、二人がほぼ同時に答えた。

「もし、自分の好きな人が一生治らない病気にかかったらどうする？」

「そうだな、どうするかな」

と、一人が考え込んだとき、もう一人が「つききりで看病するよ」と答えた。

「じゃあ、自分の好きな人が交通事故に遭って車椅子生活になったら？」

今度は、どちらもすぐには答えを返さなかった。

「違う聞き方をしていい？」

冬美は胸をドキドキさせながら、「そういう人にプロポーズされたらどうする？」と質問を変えた。

「それは……家族に相談して決めると思う」

と、さっき「つききりで看病するよ」と答えたほうが真面目な顔になって言い、「わたしもかな」と、その友達も彼女の意見に倣《なら》った。

「そうよね、そうだよね」

何度もうなずいて、「ありがとう。じゃあ、またよろしくお願いね」と、冬美は彼女たちを解放した。

大手菓子メーカーの女子高校生モニターを集めての意見交換会の日である。新製品を開発する前に、どんなパッケージが好みか、女子高校生たちにアンケートを取ったり、直接感想を聞いたりする機会を設けるのも、冬美の会社の重要な仕事の一つだった。

——やっぱり、誰だって家族に相談するじゃないの。

頭に浮かんだ一人の女性に対して、冬美はそう抗弁していた。だが、いまさら筋道立てて説明しても無駄だろう。あの女——林純子は聞く耳を持たないのだから。

片づけが終わった会議室で自分のためにコーヒーをいれ、冬美は司会者の席に座っている。少し休憩を取りたい気分だ。コーヒーに口をつけようとして、先日、家に来た純子がひと口もコーヒーを飲まなかった光景を思い出した。嫌がらせのような行為に思えた。

目をつぶると、最初に冬美のマンションに来た日の純子の挑みかかるような表情がよみがえる。

「どうして兄の見舞いに来なくなったんですか？」

と、あのときも挨拶らしき言葉を抜きに彼女は聞いてきた。

冬美は、それまでに二度、景介が入院している病院へ顔を出していた。一度目はただただ驚いて、二度目は別れを確認しに。

「それは……」

どう説明しようかちょっと考えて、冬美は純子の気持ちを先に知りたいと思った。「純子さんはどう思っているんですか？」

「兄があんな身体になったからおじけづいたんでしょう？」

やっぱり、そうだったのか。そう思っていたのか。景介の妹の気持ちを確かめた上で、

「実はね」

と冬美は切り出したのだった。「わたしたち、あんな事故がなくても、別れるつもりだったんです」と。

「うそです！」

その先を続けようとしたのを強い語調で遮って、純子は顔をこわばらせた。そして、「あなたは事故で下半身不随になった兄がお荷物になったから、それで捨てたんです」と決めつ

けた。

「景介さんがそう言ってるの？」

そんなはずはない。それには純子は答えずに、「兄はショックで何も言いません。でも、妹のわたしにはわかるんです」と今度も言い切った。

「純子さんは信じないかもしれないけど、事実だけを話します」

遮られようともそれだけは言っておきたかった。「景介さんとは、彼が東京に仕事で来るたびにここで会っていたけど、将来の話をするうちに方向性が違うことに気づいたんです。彼は両親のそばにいて面倒を見るのが長男の務めだと思っている。でも、わたしの仕事は都会でしか成立しない種類の仕事。結婚しても子供が生まれても、ずっと続けていきたいと思っています。いままで、わざとその話は避けてきたけど、このあいだ共通の友人の結婚をきっかけにその話になって、はじめてお互いの本心に触れることができたんです。それで、別々の道を進みましょう、って話になって」

「そんな話、いま作ったんでしょう？」

信じません、と拒みながらも、「兄は承知したんですか？」とも純子は聞いてきた。

「景介さんは別れたくないみたいでした。『結婚を考えている』とも言われました。でも、うまくいくはずがない、という確信に似た思いがわたしにはあったので、『もう連絡しないでください』とこちらからお願いしたんです。わたしも未練を断ち切りたくて、携帯電話の番号を変えました。それから何日かして、テレビで事故のニュースを見て驚いて。景介さんがお友達とスキーに行くこともわたしは知らなかったんですよ」

「知らなかった、で済ませたいんですね」

これ以上何を聞いてもわたしは信じません、というふうに純子は激しく頭を振った。

「車椅子の男となんかつき合わないほうがいい。家族にそう言われたんじゃないですか？」

純子の問いに答えるまでに間を作ったのがいけなかった。

実際に、景介の怪我のことも、彼と交際していた事実も、別れを切り出したことも家族に打ち明けていたのだった。「立ち直るまでそばについていたほうがいいのかな」と相談した冬美に、両親は「同情だけでつき合ってもいずれは破綻する。心を鬼にして連絡を取らないほうがいい」とアドバイスしたし、既婚者の姉からは「冬美みたいなお嬢さん育ちに、車椅子の恋人の世話なんてできやしないわ。第一、仕事を辞められるの？　別れ話が出ていたんならいいじゃやない。罪悪感なんて抱く必要はないわ。普通に別れればいいのよ」と、激しい口調でアドバイスされた。

「やっぱり、そうなんですね」

と、純子はまた決めつけて、「賢い選択をしたってことですね」と皮肉な言葉を重ねた。

冬美が二人の関係をどんなに説明しようと、どんなに弁解しようと、純子の中では冬美という女は「車椅子生活を余儀なくされた兄を石ころのように捨てた氷のように冷たい女」になってしまっている。

しばらく重苦しい沈黙が続いたのちに、純子が「もういいです」と吐き捨てるように言った。諦めたのか、と冬美は思ったが、違った。

「あなたにはもう何も望みません。でも、一つだけ約束してください。兄がふたたび立ち直るまでは自分は幸せにならないって」

「どういう意味ですか?」

「兄が再起するまでは、恋人も作らないし、結婚もしない。おおよそ幸せと呼べる生活からは遠ざかっていてほしい。そういう意味です。あなたが本当に約束を守るかどうか、わたし、ときどき確かめますから。あらゆる方法で。いいですね?」

冬美はうなずかざるを得なかった。

女同士のその約束からもうじき二年がたつ。

会議室のドアが開いて、「ここにいたの?」と奥田が顔を出した。

ビクッとして、冬美は立ち上がった。システムエンジニアの奥田が会社にやって来る曜日ではない。

「出張帰りでね。おみやげを、と思って」

奥田は、名古屋名物のういろうの包みを差し出した。

「ありがとうございます。みんなでいただきます」

「で、このあいだの続きだけど、またデートしない？」

一度、一緒に食事をしたせいか、奥田は以前より態度がなれなれしい。

「ごめんなさい」

なるべく早くはっきりさせたほうがいい。「わたし、つき合っている人がいるんです」

「えっ？」

奥田は目を見開いて、「そんなの、聞いたことがないな」と言った。

「職場のみんなには秘密にしているから。わたしには海外赴任中の彼がいるんです」

うそも方便だ。

「結婚を約束しているような人？」

「帰って来たら将来について話し合おう、と決めているんです。それまでは、お互いに仕事に専念することにしています」

「彼はいつ帰るの？」

「一年、いえ、二年はあちらにいると思います」

三年に延ばしたほうがよかったか。

「だったら、それまで待つよ。いいよね？」

「え？　ああ、ええ」

拒む理由はなかった。しかし、一年や二年で、自分があの純子という女から自由になる保証はない。

5

店内にはこうこうと明かりがついているが、一歩外へ出ると自分の靴の形もわからないほどあたりは暗い。駐車場がやけに広いこの郊外のドラッグストアに、純子はふだんは自家用車で通勤している。最寄りの駅までは歩いて十五分かかるし、自転車で通勤できる距離ではない。

勤務を終えて、店舗の裏手の従業員駐車場へ向かう。

「終わった？」

車の陰から男の声がして、純子の心臓は波打った。待ち伏せされるのには慣れていない。

森尾実《もりおみのる》だった。森尾は、純子が勤めていた病院に出入りしていたＭＲ——日本語では

「医薬情報担当者」と訳される製薬会社の営業社員である。

「ここまでどうやって？」

「車で来たんだよ」

森尾は、客用の駐車場へと視線を移した。駐車場の周辺には街灯があるが、そこからはずれると途端に暗くなる。

「君の車の中で話さないか？」

「いいけど。わたし、早く帰らないといけないから」

運転席に乗り込み、森尾が助手席に回るのを待った。

エンジンをかけてエアコンを入れる。そうすれば、早く話を切り上げて森尾が帰るだろうと思った。

「お兄さんの具合はどう？」

エンジンとエアコンの音にかき消されまいとして、森尾は声を大きくした。

「相変わらずよ」

「リハビリはうまくいってないの？」

「意欲がわかなくてね」

「原因は……」

と、森尾は言い淀んだ。病院を辞めて実家に帰ると決めたとき、純子は景介の事故のことや交際していた冬美のことを話していた。それは当然だろう。純子と森尾は、結婚を前提にしたつき合いをしていたのだから。

「もういいの。彼女の力は借りないことにしたから」

「彼女って、中原冬美さんだろ？」

「ええ」

「じゃあ、どうするの？」

「わたし一人で何とかする」

「何とかするって、どうするの？」

「兄を立ち直らせる、ってこと」

「君一人でか？　でも、二年たっても無理なんだろ？　だったら……」

「可能性ゼロ、なんて言わないでよ」

純子は首を振り、ため息をついた。自分だけでも希望は持ちたい。

「ぼくが言いたいのは、そういうことじゃない。君が一人で背負う必要はないじゃないか、と言いたいんだよ」

「どうすればいいの？」

「ぼくに協力できることがあれば……」

「だから、ないってば」

純子は、声を荒らげた。自分が仕事を辞めて実家に戻るしか方法はなかった。

「待ってるから」

「いいの、無理しなくても」

「無理なんかしてないよ。君のように能力のある人間が、もったいないと思ってね。『処方について医者と対等に意見を交わせる薬剤師をめざす。薬のプロになる』って言ってただろ？　そういう夢を持っていた君がこんな場所でくすぶっているのは惜しい」

「やめてよ」

純子は両耳をてのひらでふさぎ、しばらくたって手を離すと、森尾に向いて「待たないで、お願い」と言った。「だって、いつまでかかるかわからないもの」

一日も早く再起してほしい、とは願っている。だが、あせってもどうにもならないのだ。景介の気持ちが前向きになるのを気長に待つしかない。

「だからと言って、まったくぼくたちのつき合いを断つことはないじゃないか。ケータイに電話しても君は出てくれないし」

「それは……わたしの気持ちの問題」

女同士の問題、と心の中で純子は続けた。冬美と約束したのだ。景介が立ち直るまでは幸せにならない、と冬美は約束してくれた。誰ともつき合わない、と。だったら自分も、と純子は決意したのだった。わたしも約束する。兄が立ち直る意欲を見せるまでは、わたしも彼との交際を断つ、と。

結婚するなら森尾以外にいない、とはいまでも変わらず思っている。森尾はやさしくて、純子の気持ちを尊重してくれる。何をするときでも、「君はどう?」とこちらの意見を必ず聞いてくれる。

――景ちゃんが再起するまではつき合わない。

それは、つらい決断ではあった。だが、そこまでしないと冬美は約束を守ってくれないだろうし、兄にも真剣さが伝わらないだろう、と純子は考えた。

「じゃあ、ぼくは祈るしかないか。一日も早く君の兄さんに立ち直ってもらうように」

諦めの感情を声に乗せて、森尾は純子の車から降りた。

6

「病院の近くに散歩に行くだけだから、病院が見えたら帰って来ればいいでしょう?」

純子は景介に言い聞かせて、車椅子を押し始めた。

「家の中ばかりにいて外の空気を吸わなかったら、頭だって働かなくなるよ。指の動きも鈍くなるかもしれない。そしたら、インターネットもできなくなるかも」

そう脅したら、「おまえにそこまで言われちゃな。じゃあ、行ってみるか」と景介は行く気になった。単純なところもある景介だ。

放置自転車が歩道を塞いだ箇所を避けて行くと、病院までは歩いて二十五分。ゆっくりと車椅子を押しながらだと十分は余計にかかる。

「病院が見えたぞ」

と、景介が、公園を抜けたところでクリーム色の建物を指した。

「帰れってこと？　わたしだって疲れた。ちょっと休ませてよ」

純子は、強引に車椅子を押し続けた。

「おい、何だよ」

景介は、車椅子の両輪に手をかけて必死に止めようとしたが、後ろから押す力のほうが強い。

「いいじゃない。どうせ休むなら、病院の中のほうが暖かいし」

病院の周辺には、車椅子で散歩できるように緩やかなスロープが設けられていて、まわりは花壇で囲まれている。

「春になったら、色とりどりの花が咲くでしょうね」

「そのころには、景ちゃんももっとやる気を出してるかな」

「そうなってもらわないと困るよね」

一人で勝手に話しながら車椅子を押していると、「こんにちは」と、後ろから元気な声がかかった。

白衣姿の若い女性看護師だった。見たことのない顔だから新米か。まだ二十歳そこそこだろう。愛敬のある丸顔で、たぬきみたいに大きな目をしている。

「バスケットボール部に入りませんか？」

看護師はいきなり勧誘してきた。

景介が見上げる形で、純子と顔を見合わせた。

「突然ですみません。でも、すっごくいいガタイしてるんで」

看護師はぺこりと頭を下げると、「わたし、少し前まで研修で系列病院にいたんですけど、そこで障害者のバスケット部を作っていて、メンバーが足りずに困っていたんです。ここでも車椅子バスケができそうな人を捜そうと思って」

景介が元実業団メンバーだとは知らずに声をかけてきたらしい。

「突然、誘われてもね」

顔色を変えた景介を心配して、純子が口ごもると、

「すみません。ふだんはお仕事で忙しいですよね。じゃあ」

と、看護師は、手で制するようにしてあとじさりながら去って行った。

「ずいぶん無神経だよね。言葉遣いも悪いし」

声を失っている景介の心情を察して、純子は言った。そうだ、無神経だ。障害者が仕事に就くまでには乗り越えなければいけないハードルがいくつもある。体格がいいから仕事をしているはず、と考える短絡さが腹立たしい。

「帰ろうか？」

車椅子の向きを変えようとしたとき、

「おもしろい女だよな」

と、景介がつぶやいたので純子は驚いた。

「久しぶりにリハビリでもしてみるか。さっきの看護師がどういうやつかも知りたいしさ」

景介の声にほんの少し明るさが生まれた。

7

それからは、あっというまだった。一日ごとに景介の表情は明るくなり、冗談も増えた。もちろん、病院に通う回数も増えた。

伴野《ともの》七海《ななみ》。

それが、新しく入った看護師の名前である。七海はリハビリ担当の看護師だったのだ。彼女の存在が景介に活力を与え、表情を豊かにさせているのは明らかだ。

初対面で受けた印象が、純子と景介では正反対だったことがあとで判明した。純子が「無神経だ」と受け取った彼女の性格を、景介は「相手が障害者だからという偏見がなくて、ごく自然に接するところがいい」と、プラス面に解釈した。

目的が何であってもよかった。若くて元気な看護師めあてでも。景介の姿勢が積極的になり、立ち直ろうという意欲を示してさえくれれば。

一か月半が過ぎた。

単純なプログラムのリハビリを続けていた景介が、休憩中、「やってみるかな」と言った。

「何を？」

予想はついたが、彼の口からその言葉が出るのを期待して、純子は胸を高鳴らせながら聞いた。

「決まってるだろ。バスケだよ」

景介は照れくさそうに受けて、「あいつ、呼んでよ」と純子に頼んだ。

あいつ、だけですぐにわかった。純子は、リハビリ室からナースセンターに戻った七海のところへ走り、「メンバー一人確保できたよ」と伝えた。

七海にもそれだけですぐに通じた。「よかった、これで試合ができます。林さんがいたら鬼に金棒。うちのチームは絶対に勝てますよ」と、若い彼女は明るい声を上げ、いつか純子がやったように腕に力こぶを作ってみせた。

8

――もう大丈夫。景ちゃんはしっかり立ち直ってくれた。

あとは努力して、一流のパラリンピック選手をめざしてもらうだけだ。景ちゃんならできる、絶対にできる、と純子は信じている。パラリンピックに出場してすばらしい結果を出したとき、「再起を遂げた男」と景介はマスコミに呼ばれるだろう。その日を想像して、純子は身体が熱くなった。

純子は胸を躍らせて、森尾のマンションへ向かっていた。

彼からかかる電話には出ないようにしてきた。が、今日が解禁日だ。こちらからかけてもいいが、電話では感激が薄れる。突然訪ねて行ってびっくりさせてやろう。次に驚かせたい相手は、当然ながら冬美だ。自分が捨てた男の再起をあの女はどんなふうに受け止めるだろう。森尾のマンションから彼女に電話をかけて反応を確かめる。それが、純子の計画だった。

出張の多い森尾は、江東区内の駐車場付きのワンルームマンションに住んでいる。結婚を前提にしていた仲だから、彼の部屋の鍵も預かっている。鍋が好きな森尾のために、冬の寒い日は鍋用の食材を抱えて彼の部屋に通ったものだ。森尾は二人用の鍋を用意していて、二人はそれを「愛鍋」と呼んでいた。

しかし、今日は、外で豪華に食事をしてもいいか。久しぶりだもの。純子は、今夜の計画を立ててさらに胸を躍らせた。

日曜日の夜七時。森尾は自宅にいる時間だ。いなければ、そこではじめて彼の携帯電話にかけてもいい。

鍵を使ってオートロックのドアを抜け、五階の彼の部屋へ向かった。チャイムを押す。返事はなかったが、玄関ドアのあちら側からはっきりと足音が聞こえてきた。

ドアがこちらへ開かれた。

顔を出したのは、女だった。見るからに純子より若い。七海とさほど変わらないだろう。

「あ……」

純子は、一瞬、惚けたような表情をしたかもしれない。「ここは……」と口から言葉が飛び出していた。

「森尾さんの家です」

と、舌足らずの声で若い女が答え、何かを考え巡らせるように天井を見ると、すぐに視線を純子に戻した。「いま、しらたき買いに行ってますけど」

その返事で充分だった。

「失礼します」

純子は、その場から逃げ出すようにエレベーターへ引き返した。

——彼は、さっきの女と二人でお鍋をするつもりなんだ。

そう直感した。建物を出ると、森尾と会わないように商店街とは反対方向へ進んだ。

どこかで見た顔の女だった、と記憶を探る。そうだ、純子が辞める少し前に病院に入った新米看護師ではなかったか。

「看護師の中にとろい子がいるんだよ。君とはまったく違うタイプでさ。仕事はのろいのに、返事だけは『はーい』と威勢よくてさ」

純子が病院を辞めてから、突然、自宅に景介を見舞いに来た森尾がそう話していたのを憶えている。二人でお鍋を食べる関係というのは、かなり親しい関係と考えていいだろう。いや、そのはずだ。あれは「愛鍋」なのだから。

純子の胸の奥で、どす黒い感情が膨れ上がっていく。

――どうして待っててくれなかったのよ。

森尾への恨みの気持ちが募る。二年間と数か月がなぜ待てなかったのか。そのあいだに、恋人と正反対のタイプの若い女に気持ちが傾くなんてひどいじゃないの。誘惑されたの？若さや肉感的な色気に負けたの？単純に寂しかったの？「待たないで」とは言ったけど、あんな感情的な言葉を真に受けなくてもいいじゃないの。

しかし、さっきの看護師の舌足らずの声と童顔が思い起こされた瞬間、純子の足は止まっていた。

――あの二人の仲を裂いてやるのだ。

執念に近い激しい感情が喉元にこみあげてきた。その方法なら無数にあるではないか。中原冬美にあの約束を守らせるために、いろいろと画策したのだから。

――もし、冬美が約束を守らずに、男とつき合ったら。もし、誰かと結婚したら。

そのときは、どうするか。どう報復するか。頭が痛くなるほど考えた。

いまこそ、それを生かすときだろう。

深夜、ひったくり事件が続いている暗い夜道にあの看護師を呼び出し、怖い目に遭わせてやろうか。そんなまどろっこしい方法はやめて、あの手を使ってやろうか。他人に依頼するという方法だ。闇の世界では、お金さえ出せばカップルの仲を裂いてくれる人間もいるという。そういう仕事があるのは知っている。

純子は、二人の仲を壊す方法を考えることに、何だか快感を覚え始めていた。

再来

1

岐阜県T市に住む会社員鍵本真一《かぎもとしんいち》さんの長女で小学四年生の佐和《さわ》ちゃん（九歳）の行方がわからなくなって一週間がたつ。学校からの帰宅途中、自宅付近で友達と別れてからの足取りがつかめていない。岐阜県警とT警察署は、佐和ちゃんが事件や事故に巻き込まれたものとみて捜査を続けている。

＊

長野県K郡内で十日、行方不明となっていたA子ちゃん十歳（当時九歳）が見つかった。A子ちゃんは五か月前に岐阜県内で下校途中に行方がわからなくなり、岐阜県警が捜索していた。発見されたのは村内にある民家で、A子ちゃんは民家の離れに住む無職の二十九歳の男に連れ去られて監禁されていたものとみられる。男の留守中、訪ねて来た親戚によって発見され、通報により警察に保護された。母屋には男の両親と姉が住んでいたが、男の家族は「少女が離れにいるのには気づかなかった」と言っている。A子ちゃんには脱水症状があるものの、健康状態は良好だという。

2

鍵本佐和ちゃん、お元気ですか？　いまどんなふうに毎日を過ごされているのでしょう。結婚して姓が変わっているでしょうか。

わたしのことを憶えていますか？

わたしは、旧姓須藤《すどう》ゆき子です。佐和ちゃんとは四年生の途中まで同級生でした。佐和ちゃんとわたしは、まるで双子みたいで、すごく仲良しでした。誕生日も同じなのですから、他人のような気がしません。事件が起きたとき、佐和ちゃんもわたしもまだ十歳になっていなかったのですよね。

あの事件から十八年以上が過ぎ、わたしは結婚して田中ゆき子となり、四歳の女の子の母親となって、幸せに暮らしています。夫はわたしより五歳上で、普通の会社員です。

田中という姓のように平凡ではあるけれど、ささやかな幸せを手に入れた最近になって、思い出されるのはなぜか佐和ちゃん、あなたのことばかりです。果たして、あなたがわたしのような小さな幸せを手に入れられているのか、「生まれてきてよかった」と実感できるような人生を送れているのかどうか、気になって仕方がないのです。

あんな恐ろしい目に遭ったのですから、それをカバーしておつりがくるほどに幸せになっていなければいけない、そうでなければ人生は不公平だ、神様に文句を言ってやりたい、そんなふうに思ってしまうのです。

佐和ちゃんが救出されたとき、わたしたちは五年生に進級していました。いつ戻ってもいいように佐和ちゃんの席は用意されていました。でも、佐和ちゃんは一度も学校に戻ることなく、よその学校へと転校してしまったんですよね。

どこへ転校したのか、そこは何ていう町なのか、大人は誰も教えてくれませんでした。先生も親も。

佐和ちゃんがいなくなったときは、新聞に「鍵本佐和」と名前が載ったのに、保護されたときは「A子ちゃん」となっていた理由も、あとでまわりの大人が教えてくれました。

「名前がわかってしまったら、ああ、あの子だって、周囲から好奇の目で見られるでしょう。新聞やテレビが取材に来て大騒ぎになるかもしれない。将来のある子だから、そういう点に配慮して、どこで発見されたか場所を特定されないようにぼかした書き方をしたのね。あの子のためにも、みんな、そっとしておいてあげたほうがいいのよ」

「もとの学校で生活するのはあの子にとっては苦痛じゃないのかしら。親もまわりの目が気になるし。監禁されていたあいだ、どんなひどいことを犯人にされたのか、いろいろと詮索したりするでしょう？　そういううわさ話が本人の耳に入らないように、環境を変えたのよ」

大人の説明を聞いても、わたしには納得できない部分もありました。佐和ちゃんが悪いわけじゃない、悪いのは、小学生の女の子を誘拐して監禁した男だ。それに気づかなかった、いや、気づいていたかもしれないのに気づかないふりをしていた男の家族だ。それなのに、被害者である佐和ちゃんが息を潜めて、世の中から隠れるようにして生きていかなくてはいけないなんて、同級生にも引っ越し先を教えられないなんて、そんなのおかしいじゃないの。

そうは思ったけれど、わたしが佐和ちゃんの立場だったら、と考えると、大人の意見も無視するわけにはいきませんでした。佐和ちゃんの味わった苦痛は、佐和ちゃんにしかわからないのですよね。わたしには想像することしかできません。さぞかしつらかったでしょう。怖かったでしょう。心細かったでしょう。

あれから一度も佐和ちゃんとは会っていませんが、わたしの中では佐和ちゃんは生き続けています。一日たりとも忘れた日はありません。

あなたのことを夫に話す勇気はまだわいてきません。

3

そこまで書いたとき、「これ、読んで」と、娘の香奈《かな》が絵本を持って来た。それまで、「ママもお勉強中だから」と、一人で静かにお絵描きをしていたのだった。

香奈は先月四歳になったばかりで、誕生日には本好きな香奈のためにゆき子は絵本を何冊かプレゼントした。夫も出張先の福岡で絵本を選んで娘に贈った。

「ママ、何書いていたの？」

「お手紙だけど」

「誰に書いたの？」

「小学校のときの同級生よ」

「へーえ、仲が良かったの」

「うん、とっても仲良しだったの」

だが、出すあてのない手紙だ。しかし、書くだけでも心の重荷が少しは軽くなる気がする。

自分たち同級生が佐和のために何かしたわけではない。逆に、何もしなかったことがゆき子の罪悪感につながっている。

「ふーん。じゃあ、読んで」

　香奈は、持っていた絵本をゆき子の胸に押しつけてきた。

　父親からプレゼントされた『ごんぎつね』だ。一度、読み聞かせている。ゆき子には苦手な本だった。冷静に読もうとしても、必ずラストに近づくと涙が出てしまう。

「パパが小さいときに好きだった本だよ。日本の昔話でね。新美南吉って人が書いたんだ。あの本、どこへいっちゃったかな。ボロボロになるまで読んだ記憶があるけどね」

　懐かしそうな目をして、父親は娘の小さな手に本を渡したのだ。出張先の福岡で娘の誕生日を思い出し、急いで目についた本屋に飛び込んだところ、ちょうど絵本コーナーに『ごんぎつね』を見つけて飛び上がるほど嬉しかったという。

　ゆき子は、物語の結末に至るのを恐れるようにゆっくりと読み始めた。

「このお話、知ってる」

　きつねのごんが兵十の家の前を通りかかり、「誰の葬式だろう」とつぶやく場面で、香奈が口を挟んだ。

「一度、読んだでしょう？」

　記憶力のいい子である。内容は憶えているはずだ。だが、香奈はそういう意味で言ったのではないらしく、開いたページをじっと見つめてつぶやいた。

「前のと違う」

「前のって？」

「前の本」

「幼稚園で読んだの？」

ううん、と香奈は首を二回振り、「もっとずっと前。そのときの本には、違う絵があったんだよ」と、ページのごんを指さした。

前に読んだ本には、違う挿絵があったと言いたいらしい。

「どういう絵があったの？」

「こんなにきれいな色のじゃなくて、白と黒の絵。黒い紙を切って貼ったきつねだったよ」

「切り絵だったの？」

さあ、と香奈は首をかしげて、「こんなにきれいじゃなかった。もっと汚れてて、ページが破れてたよ」

「やっぱり、幼稚園で読んだ本じゃないの？」

図書館に連れて行ったときに棚から引き出した憶えはない。

「違うよ。うちにあった本だよ」

「うちにはそんな古い本、ないわよ。だって、これはパパが福岡の本屋で買ったものだし。

だから、新しいでしょう？」

「違うママが読んでくれたんだよ」

「違うママ？」

この子は何を言い出したのだ、とゆき子は眉をひそめた。すぐに思い浮かんだのは、幼稚園のゆき子と同世代の先生の顔だ。そこで、「幼稚園の先生のこと？」と聞いてみた。

「違うよ」

即座に否定し、香奈は「ずっと前」と、また繰り返した。「香奈が男の子だったとき、お母さんが読んでくれたんだよ」

「男の子？　お母さん？」

夢でも見たのだろうか。香奈は、ゆき子を「ママ」と呼び、「お母さん」と呼んだりはしない。ゆき子の背筋に悪寒が生じ始めた。

「香奈が男の子だったときって、いつなの？」

娘のペースにはまるふりをし、質問を変える。

「ずっと前。公園のそばに住んでいたときだよ」

「そのときのお母さんはママじゃないのね？」

「違うよ。もっと太ったお母さんだった。だけど……一緒に死んじゃったんだ」

「一緒に死んだって……誰と？」

　悪寒が膨らんでいく。

「香奈とだよ。自動車に乗ってて、一緒に死んだの。運転していたのはお母さん。トラックがこっちに向かってきてぶつかったの」

　正面衝突したということか。香奈の言葉の意味を頭では受け止めながらも、ゆき子は心の中では拒絶するように両手を強く押し出していた。

「香奈が男の子だったときの名前は、憶えてる？」

「コージだったよ」

　香奈は、表情を変えずに答え、「お母さんはトシコって名前で、お父さんはノボルって名前だったよ」と、ほんのついでみたいにつけ加えた。

4

　わが子が誰かの生まれ変わりであるとか、わが子に前世の記憶があるとか、すぐに信じたわけではない。だが、ひどく興味を惹かれはした。

　ゆき子は話の腰を折ったりはせずに、娘が語るままに脳味噌から「前世の記憶」を引き出してやって、それをメモしていった。

そのメモを手に、ゆき子はここに来ている。はじめて訪れる地だった。荒川にほど近い北区のSというところだ。同じ二十三区内ではあるが、現在住んでいる世田谷区からは遠い。

母親が懐疑的な姿勢をとらずに、何でもすんなり受け入れる寛容な姿勢を見せたせいか、香奈の口からは断片的な「前世の記憶」がこぼれ落ちた。

家の近くにあった公園の名前。通っていた小学校の名前。一緒に遊んだ友達。飼っていた犬の名前。香奈は、「コージ」という名前の男の子だった時代、もうじき中学生になるという時期に交通事故死したのだという。母親も一緒に死んだというのが事実であれば、何という哀れではかない運命だろう。

うろ憶えのものもあった。電車に乗るために何度も行ったという駅の名前。路線名。「きょうだいはいなかった、たぶん」と、そこも自信なさげに答えた。両親と男の子。三人で暮らしていたのか。名前は両親のものもはっきり記憶していたくせに、姓のほうはよくわからないとも言う。名前の漢字もわからない。時間的な概念も曖昧だった。その当時、どんな事件が起きたか、どんな芸能人が活躍していたか、時代背景に関しての手がかりが得られれば、「コージ」が生きていた時代がいつなのか、推測できたのだが。

——前世で香奈が暮らしていた場所がどこか、探してみたい。

ためらうゆき子の背中を強く押したのは、香奈が住んでいたマンションの名前と部屋番号を克明に語ったせいかもしれない。

「公園から見える大きな建物に住んでたよ。白いマンション。セジュール何とかっていうんだ。エレベーターに乗って十一階で降りるの。そこの一一〇一。お父さんの誕生日と一緒だから便利だね、ってお母さんも言ってたんだよ」

「お父さんって、いまのパパじゃなくてずっと前のお父さんね。ノボルっていう名前の。誕生日が十一月一日だったの？」

夫の誕生日は一月二十三日だ。いくら何でも、四歳の子にそこまでの作り話ができるとは思えない。おもしろがってうそをつくような子ではないのだ。ゆき子の内部で信憑性が一気に増した。

「そうだよ。十一月一日。前のお父さんの誕生日」

そのときの淡々と語る娘の表情を思い出して、ゆき子はメモに目を落とした。

公園の名前。小学校の名前。近くを流れていたという荒川。それらのキーワードを手がかりに、地図やインターネットで場所を検索して絞っていった結果、行き着いたのが北区のSだった。公園も小学校も実在していた。

ＪＲ王子駅で降りて、駅前の不動産屋の前に立つ。大抵の不動産屋がそうであるようにガラス窓いっぱいに貼り紙がしてある。

中に入って店の者に聞くまでもなかった。貼り紙の一枚の『セジュール王子』という活字が目に飛び込んできた。住所を見ると、香奈が話していた公園のすぐそばだ。築十六年の物件で、十階の一室がオープンルームとして自由に内覧できるようになっている。

――このマンションに違いないわ。

大きく深呼吸をして、ゆき子はその住所へと向かった。ゆき子のお腹の中にいた年月も含めると、少なくとも五年以上前に香奈は男の子としてそこに住んでいた計算になる。「生まれ変わり」を事実と認めるならば。

しかし、現実に、香奈が口にした公園も小学校も、そしてマンションも実在している。『セジュール王子』は、香奈が言ったとおり、白い外壁の建物だった。建ててから十六年たっているはずだが、塗り直したばかりなのか、新しい建物に見える。が、エントランスに入ると、天井や壁に生じた小さなひび割れに歳月の重みが感じられた。

管理人室の横を通り抜けて、集合ポストの前に行く。一一〇一のポストを探したが、表札はなかった。見渡すと、プレートに名前を書いている部屋のほうが少ない。

エントランスに戻り、部屋番号のパネルのボタンを押して十階の一室を呼び出す。

「はい」と男の声が応じる。内覧希望の意思を伝えると、どうぞ、とすぐにドアが左右に開けられた。

エレベーターに乗って、十階ではなく、十一階で降りる。

——お父さんの誕生日と一緒だから便利だね、ってお母さんも言ってたんだよ。

香奈の邪気のない声が耳によみがえる。「コージ」だった香奈も、このエレベーターを何度も利用したのだろうか。

目指す部屋に到達して、ゆき子はふたたび深呼吸をした。香奈から「コージ」として生活していたときの姓が情報として得られなかったのだから、自分の目で確かめるしかない。姓を告げたら、「ああ、そうだった」と、香奈が思い出すかもしれない。

部屋のほうには表札が掛かっており、「永野《ながの》」とあった。

——永野コージ。永野……香奈。

男の子になった香奈の顔など想像もできない。

勢いでここまで来てはみたものの、どう接触したらいいのか。頭の中でまだ考えがまとまっていない。いきなり訪ねるのは乱暴すぎるのだろうか。やはり、外堀から攻めるべきか。近所に聞き込みをするなどして。迷っていたら、一一〇一号室の玄関ドアが開いた。

ハッとして、ゆき子はあとずさりした。が、狭い通路だ。ドアから現れた女性とすぐに視線が交わってしまった。訝《いぶか》しげな表情が「何かご用ですか？」と問うている。

「オープンルームは……」

とっさに、そんな言葉が口から飛び出した。

「下ですよ。十階です」

と、四十代くらいに見える女性は事務的に言った。買い物にでも出かけるのだろうか。足下はサンダル。丈の短いズボンにフード付きのジャケットを合わせたラフな格好で、手にはトートバッグを持っている。

——「コージ」は母親と一緒に交通事故死したのだから、この家に「主婦」はいないはずだ。

などと、ゆき子は推理を巡らせる。だが、それが何年前の出来事なのかはわからない。

「あの、つかぬことをうかがいますが」

勇気を振り絞って、核心に近づく努力をする。「こちらに、コージ君という男の子が住んでいましたか？」

女性の顔色がサッと変わり、目が見開かれた。「それが……」と言いかけた言葉がかすれ、彼女は息を呑んだ。それがオープンルームと何の関係があるのか、と言いたいのだろうか。

「すみません。やぶから棒に。わたしの娘がコージ君の生まれ変わりだと言い出しまして」

ゆき子は、女性の顔色の変化から直感して言葉をつなげた。「コージ君はここに住んでいの口元がこわばった。

女性の表情が一瞬だけほころんだが、「コージは亡くなりました」と続けて、ふたたびそらしたのですね？」

5

佐和ちゃんは、「生まれ変わり」を信じますか？　人間の魂は、一度死んでも、また別の人間に宿り、それを何度も繰り返すという説があるのです。

何冊か本を読んでみました。本によると、前世の記憶を話し始める子は、一歳から五歳までに多く、五歳から八歳のあいだにそれらの記憶を忘れてしまうのだそうです。わたしの娘の香奈は四歳なので、ちょうど前世を語り始める時期に含まれます。

香奈の話をすぐに信じたわけではありません。でも、母親として、うそをついて大人を困らせようとする子供ではないと知っていたので、まずはその信憑性をこの目で確かめてみようと考えました。

そして、結果は……。香奈の言うとおりだったのです。香奈は、わたしが一度も連れて行ったことのない公園や小学校や建物の名前を口にしたのですが、それらは実際にそこに存在していたのです。

香奈は前世では男の子で、中学生になる前に母親が運転していた車に乗っていて、トラックと正面衝突して事故死したといいます。母親も一緒に亡くなったそうです。

前世で住んでいたというマンションに、わたしは行ってみました。香奈は、部屋番号まではっきりと憶えていたのです。

その部屋、一一〇一号室から現れた女性は、突然のわたしの訪問を訝りながらも、わたしの「告白」を聞いて驚きの色を隠せませんでした。

「失礼ですが、そちらは？」と名前を聞かれて、とっさに偽名を使うような余裕はわたしにはありません。

「永野」と表札の出た家の女性は、もう少しくわしく話を聞きたいと言って、初対面のわたしを家に招き入れました。そこは3LDKくらいの広さに見えましたが、子供がいる気配はなく、きれいに片づけられた居間に通されました。普通はリビングボードやテレビが置かれる場所にガラス扉付きの大きな本棚が置かれ、専門書らしき本がずらりと並んでいました。何か調べものをしたり、執筆したりする仕事をしている人なのかしら、とわたしは想像しました。

「お嬢さんと亡くなった甥とは、本当に何の関係もないのでしょうか」

永野さんは、驚きの色が薄まり、かわりに疑いの色の濃くなった目を向けてきました。

「コージ君は甥御《おいご》さんだったのですか？」

「そうです。ここには以前、わたしの兄の家族が住んでいました。兄嫁と甥が交通事故で亡くなり、兄は思い出の詰まった家には住めないとこの家を妹のわたしに託して、まったく別の場所で暮らし始めたのです。マイホームを手に入れたばかりだったのに」

「それでは、いまこの家には……」

「わたしが一人で住んでいます」

永野さんは、女一人で生活できるだけの力はありますから、と誇示するかのように部屋を見回しました。

「お二人が亡くなったのはいつですか？」

「あれからもう十年になります」

とすると、香奈が持っているのは十年以上前の記憶なのか。それに思い至って、何だかめまいがしました。わたしが結婚する前です。

「お嬢さんが記憶しているという内容を、すべてお聞かせ願えますか？」

永野さんは、膝を乗り出してきました。

わたしは、香奈から聞いたすべてを脚色せずに話しました。飼っていた「ケン」という名前の犬、母親に読み聞かせてもらった『ごんぎつね』の絵本、父親の誕生日……。

聞き終えた永野さんは、「コージは、幸いを治める、と書きます。父親の名前は昇で、誕生日は十一月一日ですが、一緒に死んだあの子の母親は、トシコではなくヨシコでした。淑子はトシコとも読めますけどね。そこだけが違っているだけで、あとは事実です」と、興奮を抑えたような静かな口調で言いました。

一緒に事故死した母親の名前を記憶違いしていたことに何か意味があるようにも思えましたが、考えても仕方ないことにも思えました。前世のすべてを正確に記憶しているほうが珍しいのかもしれません。実際、香奈にはうろ憶えの事柄もたくさんあったのですから。

「それで、お母さんは香奈さんの話を信じたのですか？」

永野さんは、意外にも冷静になってそう尋ねてきました。

「わかりません」

と、わたしは正直に答えました。「だからこそ、事実がどうだったのか、こうして確かめてみようと思い立ったわけです」

「そうですか」

頭の中で考えを整理するだけの時間をかけたあと、「もし、兄があなたのお嬢さんの香奈さんに会いたいと言ったら、どうしますか？」と、永野さんは目に鋭い光を宿して聞きました。

「それは……まだ考えていません。ただ、主人にはこのことは秘密にしているのです」

わたしは、慎重に答えました。

――人間には、忘れたほうがいい過去がある。思い出さないほうがいい過去がある。そう言われるのを恐れて、夫には話せずにいたのです。

ごめんなさいね。つらい過去を持つ佐和ちゃんも同じように思うでしょう？　当然ですよね。あなたにとってあの事件は、消したい過去の出来事のはずです。

犯人の名前をわたしは忘れていません。横山勝男《よこやまかつお》。漢字を書くだけで、怒りがこみあげ、身体が震えてきます。

被害者である佐和ちゃんの名前は明らかにされなかったけれど、凶悪な誘拐監禁事件です、少したって容疑者の名前が新聞に載りました。したがって、その男の周辺を取材することで、佐和ちゃんに行き着いてしまう可能性は充分に考えられました。

――そっとしておいてほしい。

佐和ちゃんもご両親も、そう願っていたでしょう。だから、何も言わずにわたしたちの前から姿を消してしまったのですね。お別れの挨拶もできないままに。

――つらく悲しい過去を掘り返さないほうがいい。

わたしもそう思って、佐和ちゃん、あなたとの接触は避けてきました。でも、本心では、会いたくて話したくてたまらないのです。

6

ゆき子は、香奈が前世の記憶を持っていることを夫には秘密にしていた。ましてや、事実関係を自分の足と目で確かめた、などとは口が裂けても言うつもりはない。

「話したくない過去を無理に話す必要はないよ」

かつて、夫に言われたその言葉が、ゆき子の胸に重くのしかかっている。

「でも、信頼する人に話すことによって、心が解放されて軽くなるんじゃないの？」

と、反論したい気持ちを、そのときゆき子はこらえた。

香奈が母親に話した内容を父親にも話すのではないか、とゆき子は心配していたが、幼い香奈は前世の記憶そのものを重要視していなかったらしく、母親以外の人間に話したりはしなかった。「怖い夢を見た」と、飛び起きて泣いた夜もあった。「大きな自動車がこっちにやってきたの」と、香奈は怯《おび》えた顔を母親に向けたが、ゆき子が「大丈夫よ。ママがそばにいるからね」と背中をさすると、安心したように眠りに落ち、朝を迎えても夢の内容をふたたび語ったりはしなかった。

——前世の記憶など、大人が大騒ぎしなければ、こうして徐々に忘れていくものなのね。

ゆき子には、それが香奈にとってもっとも健全で好ましい状況に思えた。

読んだ本にも、「いつまでも前世の記憶にとらわれているのはよくない。すべてをきれいさっぱり忘れたほうが現世で幸せな人生を歩める」と書いてあった。

香奈が前世の記憶を持つ「特別な子」ということはわかった。だが、それがどうしたと言うのだ。事実として心得ておくだけでいい。

——あえてその話題には触れずに、いままでどおりの生活を続けていこう。

そう決めたゆき子に動揺を与える事件が起きた。

永野昇が連絡してきたのだった。

7

永野昇の妹に会ってから三か月が経過していた。

「兄はとても思慮深い人間です」

別れ際、彼女が自分の兄をそう評していたので、ゆき子は、永野昇は安易に香奈との面会を望まないだろう、と思い込んでいたのだった。

しかし、永野に会ってみてわかった。大きな決断をするのに、彼には三か月という期間が必要だったのだろう。永野の妹には、ゆき子の携帯電話の番号だけ教えてあった。

永野が待ち合わせの場所に指定したのは、赤坂のホテルのティーラウンジだった。ゆき子の自宅からも夫の勤務先からも離れている。

永野は、誠実そうな印象を与える紳士的な男だった。年齢は五十ちょっとか。目印の週刊誌をテーブルに載せて、落ち着かない表情でゆき子を待っていた。

「田中です。香奈の母親です」

と、ゆき子は自己紹介した。

「永野です。幸治の父親です」

現在形で自己紹介して、永野はしばらく無言でゆき子を見つめていた。ゆき子も見つめ返した。

——前世における香奈の父親と、現世における香奈の母親。

ゆき子は、自分と目の前の男性との関係性を頭に描き、不思議な感覚にとらわれた。

「電話で呼び出したりして、びっくりされたのではないですか？」

と、永野はゆき子を気遣ってきた。

「わたしのほうこそ、唐突にお訪ねしたりして、妹さんを驚かせてしまいました。すみません」

ゆき子は頭を下げたが、心の中では、どんな要求をされるのだろう、と警戒していた。

「幸治のことは一日たりとも忘れた日はありません」

と、永野は声を落として切り出した。「できることなら、もう一度会いたいと思います。香奈さんが幸治の生まれ変わりであるなら、会ってみたいと思わずにはいられませんでした」

やっぱり、とゆき子の心臓は鼓動を速めた。

「香奈さんの口からじかに、幸治として生活していたころの思い出話を聞いてみたい、と強く思いました。三か月迷いました。迷った末、やっぱりそれはできない、と断念したのです」

「どうしてですか？」

ホッとしながらも、彼の決断の裏にあったものに惹かれて、ゆき子は尋ねた。

「香奈さんの幼い心に波風を立ててはいけない、と思ったのです。自然に忘れていく記憶であれば、自然に任せたほうがいい」

「それは本音ですか？」

「はい」

と、永野は言い切った。「それに、わたしは実のところ、生まれ変わりなど信じてはいないのです。いや、信じてはいけないのです。はっきりとは申せませんが、科学的な実験で証明された事実だけに基づいた仕事をしているのです」

「研究者であるとか、科学者であるとか、そういう意味ですか？」

「そんなところです。どういう分野かは言えませんが。したがって、何の科学的な根拠もなく生まれ変わりなど信じてはいけないのです」

「でも……」

「わかっています、あなたが妹におっしゃった内容がすべて事実であることは。何とも不思議な現象としか言いようがありません」

永野は深いため息をついて、意を決したように言葉を継いだ。「妹は言わなかったと思いますが、わたしにはいま新しい家庭があります」

それも、あなたの娘さんにあえてお会いしない理由の一つです、と言っているように、ゆき子の耳には届いた。もしかしたら、それがいちばん大きな理由なのかもしれない。

「一つだけお願いがあります。これを娘の香奈さんにさしあげてください」

そう言って、永野がかばんから取り出したのは、一冊の古ぼけた絵本だった。

「幸治の棺に入れ忘れたのです。あの子はこのお話が大好きでした。何度も繰り返し読んだので、だいぶ汚れてしまいましたが」

手渡された絵本は、『ごんぎつね』だった。開いたページには、白と黒の切り絵の挿絵があった。

8

——人生をリセットしたい。

佐和ちゃんは、そう思ったことがあるでしょう。あの事件のあと、すべてを忘れて、新たに人生をスタートさせたいと望んだことでしょうね。佐和ちゃんもご両親も。

わたしが会った永野昇さんの目も、そう言いたげに潤んでいました。最愛の妻と一人息子を失った永野昇さんは、新しい家族のためにもつらすぎる過去を忘れる努力をしているようでした。

でも、人間って、そう簡単に過去を忘れられるものでしょうか。

佐和ちゃん、あなたはわたしの娘の香奈のように、時期がきたら前世の記憶を忘れてしまえる人間が羨ましいのではないでしょうか。

そうできたらどんなに楽か、とわたしも思います。大人になっても、記憶に関する脳の仕組みがそうなっていればいいのにね。

――世の中には、忘れてはいけないことがある。

そんな声がどこからか聞こえてきます。それを教えるために、神様は大人の脳を「簡単には忘れてしまえないような構造」に作ったのではないでしょうか。

嫌な記憶だからって、つらく悲しい記憶だからって、忘れ去ってはいけない。それらを記憶にとどめておくことが、人生を前向きに強く生きるパワーにつながる。そういう考え方もできるのではないでしょうか。

佐和ちゃん、わたしはあなたのために残酷なあの事件を忘れようと努力しました。誰にも話さず、自分の胸の内だけにおさめてきました。

でも、それでは何の解決にもつながりません。犯人の男――横山勝男の奇行や蛮行を見逃してきた彼の家族と同じになってしまいます。

わたしは勇気を振り絞って、佐和ちゃんが監禁されていた場所へ行ってみました。夫の休みの日に「今日一日だけ香奈をお願い」と頼んで。

長野県内の監禁場所は、その後、周辺の地区と合併して、村ではなく町になっていましたが、道幅が広くなったほかは当時の雰囲気とあまり変わっていないように見えました。

犯人が住んでいた家はすでに取り壊されて、空き地になっていました。犯人の男は短すぎる刑期を終えたあと、病死したと聞いています。彼の家族がその後どうなったのか、わたしは近所の人たちに聞くつもりも、調べるつもりもありませんでした。

その場にいるのが苦痛でたまらなくなったのです。息苦しくて、涙があふれ出て……。場所を確認しただけで、家に引き返しました。

その夜、佐和ちゃんのことを夫にいよいよ打ち明けようとしましたが、やっぱりできませんでした。

夜も眠れずに、隣のベッドで熟睡している夫を残して居間に行きました。お酒はあまり飲めないわたしなのに、その夜は無性に飲みたくなりました。苦いウイスキーを喉に流し込みながら、目をつぶりました。

九歳の佐和ちゃんが頭に浮かんできます。十歳の誕生日を横山勝男と一緒に迎えなければならなかったかわいそうな佐和ちゃん。あのほこりっぽいゴミだらけの部屋の片隅、ふとん部屋に押し込まれて窮屈な思いをしていた気の毒な佐和ちゃん。

横山勝男という男は、精神的に幼く、病んでいました。ひとことで「けだもの！」と言い捨ててしまえないほど奇妙な形に心が歪《ゆが》んでいました。

九歳の少女を人形に見立てて、どこでコレクションしたのかわからない奇抜な服を着せて、写真を撮って……。人形に見立てた少女に動かないことを望み、しゃべらないことを望み、意思表示しないことを望みました。

けれども、少女は人間であり、人形ではありません。食べ物や飲み物を与えないと死んでしまうので、生かしておく程度に食べ物や飲み物を与えて、お気に入りの服を汚されては困るので、離れの彼専用のトイレで用を足させはして……。五か月間、お風呂にも入らせてもらえなかった垢だらけの人形。それが佐和ちゃんでした。

男は人間嫌いのくせに寂しがりやで、やたらめったら人形に話しかけてきます。その場面を想像すると、わたしは耳をふさぎたくなります。かん高いあの男の声は、ときどき陶酔したようにかすれるのです。男の容姿も声も全部忘れてしまいたくなります。

あの日、佐和ちゃんの姿は、横山勝男の家族にはっきりととらえられました。相手は、彼の母親でした。離れの雨戸はつねに閉め切られていましたが、小学四年生にしては背の大きかった佐和ちゃんは、伸び上がってトイレの明かり取りの窓から顔を出すことができたのです。中庭にいた老婆に見える女性と目が合った瞬間の映像は、佐和ちゃんの目に焼きつけられているでしょう。

佐和ちゃんが救出されたのは、それから二週間後でした。

あとで、あのとき目が合った女性が横山勝男の母親であると知ったわけですが、母親がすぐにでも離れに踏み込んでいれば、佐和ちゃんは助け出されたはずです。家族が勝男の犯行にうすうす気づいていながら、気づかないふりをしていたとしか思えません。それほど、家族の誰もが勝男という男を恐れていたのでしょうか。

自分の手に負えない息子だと思ったのであれば、警察に通報してもよかったのです。外部の力を求めることもできたはずです。

これはのちに推理したのですが、近所の人たちのあいだでは「あの離れから物音がする」「家に引きこもっている長男が、何かよからぬことをしているらしい」といううわさが立っていたといいます。そのうわさを聞きつけた親戚の一人が、勝男の留守を狙って離れを強行突破したのではないでしょうか。そこにいた少女を見つけ、びっくり仰天して警察に知らせたのです。

あの閉ざされたかびくさい空間で起きたすべての出来事は、佐和ちゃんにはまさに「忘れてしまいたい記憶」に違いありません。だから、「忘れてしまいたい」と、ご両親に訴えたのですね。

「忘れさせてあげたいわ」

と、佐和ちゃんのお母さんは、声を震わせました。

それから、佐和ちゃんのお父さんと二人で、「忘れさせてあげる方法」を具剣に考えたのですね。

そうでしょう？　佐和ちゃん。

佐和ちゃんの両親は、つらい過去、嫌な記憶から娘を解放するために、別人にする方法を考え出しました。

自分の娘に別の名前を与え、同時にもとの小学校には戻さず、事件の影響が及ばないほど遠くの小学校へと転校させました。

名前の変更は、戸籍法で認められています。裁判所に申し立てて、正当な事由であるとみなされれば、別の名前になることができるのです。戸籍も作り変えられます。

佐和ちゃんのご両親は、娘に家庭教師をつけて、勉強の遅れを取り戻させようとしました。不登校が社会問題になり始めていた時代です。前の小学校での佐和ちゃんの経歴は、まわりの誰にも詮索されることなく、佐和ちゃんは普通の小学生と同じように平穏に暮らし始めました。けれども、その後の佐和ちゃんの家庭が平穏であったわけではありません。

「いっそのこと、姓も変えよう。形だけでも離婚しよう」

夫のそんな提案を、佐和ちゃんのお母さんは、すべて娘を想う気持ちから発したものだと受け止めて、快く受け入れました。その結果、佐和ちゃんは、姓も名前ももととは違うまったくの別人になりました。

夫婦関係の破綻に、事件の影響が少なからずあったのか、事件はまったく関係なかったのか、それはわかりません。皮肉にも、形だけの離婚が、真の離婚へと発展してしまったのです。佐和ちゃんのお父さんには、お母さん以外に好きな人が現れたのですね。

佐和ちゃん、教えてください。

あなたは、過去を忘れることができたのですか？

あなたは、人生をリセットすることができたのですか？

9

居間の壁に掛かった楕円形の鏡の前に立ち、ゆき子は「佐和ちゃん」と、鏡の中の女に呼びかけてみた。

返事はない。

あるはずがない。

自分は自分だ。

鍵本佐和はわたし、田中ゆき子だ。

鍵本佐和は、戸籍法で認められた名前の変更と両親の離婚によって、母親の旧姓である須藤姓になった。

ゆき子という名前は、鍵本佐和の母親が考えた。

佐和という名前から遠く引き離そうと、違うイニシャルの、違う文字数の、ひらがな混じりの名前にしたのだ。

男に誘拐され、五か月も監禁されていたわが娘。事件当時の氏名から、マスコミや周囲の人間たちに一生、娘の足跡をたどられてはたまらない、と娘を思いやったからだった。

鍵本佐和は、法律的な名前の変更によって鍵本ゆき子に、両親の離婚によって須藤ゆき子に、そして、結婚して田中ゆき子になった。娘が一人いる専業主婦として、表面上は平穏に暮らしている。

だが、ときどき、ゆき子の中の「鍵本佐和」がひょっこり顔をのぞかせる。氏名を変えても、過去は変えられない。

その証拠に、結婚して六年がたついまでも、ゆき子は夫に自分の過去を打ち明けられずにいる。

打ち明けようと試みたことは何度かある。プロポーズされたときもそうだった。

「君はどんな家庭が理想？」

と聞かれ、

「幸せな家庭を作りたいと思っているの」

承諾の返事の前にゆき子は切り出そうとした。「わたしの両親は離婚しているから……」と続けて、言葉に詰まった。

「話したくない過去を無理に話す必要はないよ」

と、そのとき夫はやさしく言った。言葉に詰まったゆき子への思いやりから発した言葉だとはわかっていた。だが、その言葉が、「人間にはあえて聞きたくない過去もある」という意味に、ゆき子には受け取れたのだった。

それから、ゆき子は、夫に告白する勇気を失った。

——自分の身に起きた出来事を、自分によく似た別人の身に起きた出来事とみなしたらどうか。自分以外の人間の体験として客観視すれば、本当に過去をすっかり忘れてしまえるのではないか。

別人格の自分——鍵本佐和に呼びかけ、手紙の形で彼女を励ますことによって、自分自身を救済する。そういう画期的な方法を編み出したつもりだったが……。

さらには、娘の香奈に前世の記憶があると知って、香奈の前世に迫ろうとした。「記憶のメカニズム」がわかれば、過去の記憶を消す何かしらの方法が得られるのでは、と考えたのだ。

しかし、やはり、無理だった。

過去の記憶を消す方法など、どこにもありはしないのだ。

10

香奈が六歳の誕生日を迎えてからひと月が過ぎた。

怖い夢を見たと言って飛び起きた夜以来、前世の記憶に関する発言は口にしなくなっていた香奈である。

六歳から香奈はピアノ教室に通い始めた。

居間に設置したピアノの前で熱心に音階練習をしている娘の後ろ姿を、ゆき子は眺めていた。練習が一段落して音がやんだとき、

「ねえ、香奈」

おそるおそるゆき子は娘に語りかけた。

「何？」

六歳の香奈は、質問の中身を想定して身構えるふうでもない。

「香奈は昔……男の子だったの？」

心臓を高鳴らせながら、ゆき子は質問をぶつけてみた。

「何、それ」

と、香奈は肩をすくめて、「香奈、女の子のほうがいい。ピアノ弾きたいもん」と、ちょっと唇を尖らせて続けた。

——香奈の中から前世の記憶は消えたんだわ。

ゆき子は、安堵するような、むなしくなるような、脱力感にも似た感覚に襲われた。前世での父親である永野昇から譲り受けた『ごんぎつね』の絵本をようやく香奈に渡すことができる。彼の息子の幸治が好きだった絵本。何度も繰り返し読んだという絵本だ。

——大人になったわたしの中からは、あの事件の記憶が消えることはない。死ぬまでない。

ゆき子は目を細め、少しだけ羨ましい思いで、ピアノを弾く娘を見つめていた。

セカンドオピニオン

1

「M駅へ行きたいんですが、こちらの道でいいのでしょうか」

高齢の婦人に背後から声をかけられて、有村紀子《ありむらのりこ》は足を止めた。女性が指さした道は、駅へ行くのとは逆方向、紀子が進もうとしている方向だった。紀子は、電車を降りて家へ向かう途中である。

「M駅でしたら、こちらですよ。反対の方向です」

と、耳の遠そうな女性に配慮して、紀子はゆっくりと大きな声で説明した。「この道をまっすぐに行って、最初の交差点を左に曲がるとすぐ駅です」

「ああ、そうですか。ありがとうございました」

老婦人は笑顔で礼を言い、たかが道を教えただけなのに、深々とお辞儀をした。そして、紀子が教えたとおりの道を小股に歩き始めた。

紀子も歩き出したが、数メートル歩いてふと振り返った。すると、老婦人はふたたび足を止めて、通行人に何か話しかけている。

嫌な予感を覚えて、紀子はそちらへ近づいた。

「ああ、そうですか。ありがとうございました」

距離を置いて見ていると、老婦人は今度も深々とお辞儀をし、駅のほうへ歩き出した。

「あの、さっき、あの女性と何を話していたのですか?」

老婦人と話していた若い女性に、紀子はうわずった声で聞いた。

「えっ? 道を聞かれただけですよ。M駅へはどう行くかって」

と、女子大生風の通行人は、面食らった表情で答えた。

答えを聞くなり、紀子は老婦人を追いかけた。彼女の歩調が遅いので、すぐに追いついた。

「わたし、ちゃんと教えましたよね。M駅への道、ちゃんと教えましたよね。わからなかったんですか? 聞こえなかったんですか? だったら、聞き返してくれればよかったじゃないですか」

紀子は、老婦人にたたみかけていた。

「な、何ですか。あなた」

老婦人は戸惑いを見せて、小股であとずさりし、よろけそうになった。

「だって、わたし、ちゃんと道を教えたじゃないですか。まっすぐに行って、最初の交差点を左に曲がれば駅だって。さっきの若い女性はどう言ったんですか?」

「お、同じですよ」

「じゃあ、何で同じことを二度も聞いたんですか？」

「そんなことを言われても」

「どうしてですか？」

「あなたこそ、どうして……」

紀子の行動が信じられない、というふうに老婦人はスカーフでしわを隠した首を振る。

「わたしの言葉が信じられなかったんですか？　わたしがうそをついたと思ったんですか？」

さらに紀子は詰め寄った。

「やめてくださいよ」

老婦人は、勘弁して、というように紀子に手を合わせ、「誰か助けてください。この人、おかしいんです。おかしな言いがかりをつけるんです」と、周囲の通行人に助けを求めた。

「あんた、何をしたんだ？」

「おばあさんをいじめるんじゃないよ」

紀子は、たちまち通行人たちに囲まれた。紀子の腕をつかむ者もいる。

「そっちこそ、やめてください。おかしいのは、そのおばあさんのほうなんです」

紀子は、必死になって彼らに説明した。「わたしに聞いたのと同じことをまたすぐ別の人に聞くなんて、そんなの、失礼です。まるで、わたしに信用がないみたいで」

「何言ってんの、あんた」

腕をつかんだ男が紀子を睨みつけ、「警察へ行こうか」と、腕を引いた。

――どうしてこうなるの？

紀子の頭は混乱していた。たかが道を聞かれただけなのに。たかが道を教えただけなのに。なぜ、わたしがこんな目に遭わなくてはいけないの？

「やめて」

叫んだつもりが、声にならない。

そこで、目が覚めた。

紀子は、ベッドに跳ね起きた。冷気がパジャマの襟元から忍び込んでくる。近くにあったフリースのガウンをはおる。朝までまだ間があるが、眠れそうにない。

久しぶりに見た夢だった。

――誰かに駅までの道順を聞かれ、正確に教える。礼を言われ、いい気持ちになる。だが、少したって不安に襲われ、振り返る。道を聞いた人物が、今度は違う人間に何やら尋ねている。確認してみると、自分が尋ねられたのと同じ内容だ。道を聞いた人物を追いかけ、真意を問い質す。すると、逆に不審がられ、まわりの通行人も一斉に紀子を訝しげな目で見る。

ときには、警察に突き出される……。

そういうパターンの夢である。中学時代以来、繰り返し見ている。

なぜ、久しぶりにあの夢を見たのか、紀子には理由がわかっていた。

一人の患者との出会いがこんな夢を見させたのだ。

鎌田《かまた》翠《みどり》。

今日、紀子が勤務する大学病院のセカンドオピニオン外来に鎌田翠がやって来たのだった。

2

あらかじめ資料を見て、自分の担当する患者があの鎌田翠だということは知っていた。三十九歳という年齢も自分と同じなら、カルテにあった生年月日も記憶しているものと一致する。鎌田も翠もそれほどありふれた姓でも名でもない。資料には「未婚」とあり、「出産経験なし」とあった。

女性患者の場合は、未婚か既婚か、出産経験はあるか否か、あれば何人出産したか、初経年齢はいつか、など細かな記入を求められる。過去の中絶手術の有無を問われる場合もある。

紀子は現在、東都医科大学の医学部で講師を務めながら、大学病院でも患者を診ている。

自身も同じ大学の出身者である。東都医科大学では、五年前にセカンドオピニオン外来を設けた。教授や准教授や講師が中心となって作られたセカンドオピニオン外来運営委員会において、ほかの病院を通して申し込みのあった患者の相談内容について話し合い、相談を受けるかどうか、そして、担当する医師を決める。

鎌田翠の担当になったのは、乳腺外科が専門の紀子だった。紀子は、一年前からこの運営委員会のメンバーに加えられている。資料に目を通して、一度は断ろうかと思った。だが、「患者が中学校の同級生なので担当からはずしてください」とは言い出しにくかった。理由を聞かれてごまかせる自信もなかった。

「あちらの主治医は男だよ。女性の医師なら共鳴し合えるものもあるんじゃないか？　君と年齢も同じだし」

と、世話になっている教授に言われてしまえば、なおさら断りにくい。

「女性同士で年齢も同じということで、反発を感じる患者もいると思いますが」

そう言い返すだけでせいいっぱいだった。

「そこを説得するのが君の腕の見せどころじゃないかな。同性を説得できれば、君のキャリアにもつながるし、自信にもつながるだろう」

教授が温かい目で見てくれているのがわかっているだけに、紀子はつらかった。ほかの人間なら誰でもいい。鎌田翠のセカンドオピニオンだけは担当したくない。それが本音だったのだが。

鎌田翠が自分のもとにセカンドオピニオンを求めに来る。それを知ったとき、ひどく皮肉な話だ、と紀子は思った。

そもそもセカンドオピニオンとは何か。

――患者が主治医から勧められた治療法を選択するにあたり、いまの診断や治療方法は適切なのか、ほかの治療法の可能性はあるのか、効果はどのくらい期待できるのか、どんな副作用やリスクがあるのか、などの点について、主治医以外の複数の専門家に意見を求め、納得して治療を受けられるようにすることである。

セカンドオピニオン――第二の意見は、患者の権利の一つとされ、医師は、患者がセカンドオピニオンをとることを推奨し、診療情報の提供などに協力し、依頼を受け入れること、が一般的な原則とされている。理由を明らかにしないかぎり、断る自由などないのだ。理由を述べても、納得してもらえるかどうかはわからない。

仕方なく紀子は、鎌田翠のセカンドオピニオン担当医として、今日、彼女と診察室で向かい合ったのだ。

――わたしに気づくだろうか。

紀子はそれが心配だったが、会って自己紹介した途端、杞憂だったのを知った。意識していたのはこちらだけで、あちらは中学時代、やはり歯牙《しが》にもかけていなかったのだ。三年生の一学期のあいだだけ隣に座っていた同級生である。鮮明に記憶しているほうが珍しいかもしれない。

3

「鎌田さんを担当させていただく有村といいます」

と、自己紹介したとき、鎌田翠は紀子の白衣の胸元の名札を見たが、「よろしくお願いします」と頭を下げただけだった。

中学時代は、「佐藤《さとう》紀子」というどこにでもころがっているような姓名だった紀子である。結婚して有村姓となっているし、目立つ生徒でもなかったから、鎌田翠の印象に残っていなくても不思議ではない。いや、「佐藤紀子」のままでも彼女は気づかなかったかもしれない。

だが、紀子のほうは、忘れられない人間として鎌田翠が記憶に刻み込まれている。

「それで、どういう結果になりましたか？」

担当医師による自己紹介のあと、鎌田翠はすぐに結論を求めてきた。ずいぶん気が急《せ》いているようだ。重大な病気が発見されたのである。そういう人間心理には紀子は慣れている。

「結論から申し上げますが、わたくしどももそちらの先生が出されたのと同じ考えです」

と、紀子は簡潔に言った。説明をする前にまずは結論から述べる。それが、当病院のセカンドオピニオン外来の鉄則だ。

「じゃあ、やっぱり、切除しないとだめですか？」

鎌田翠は顔をこわばらせ、胸という目的語を省いたかわりに、右のてのひらで自分の左の胸を包み込むようにした。

「切除をお勧めします」

と、紀子ははっきりと言った。女性にはつらい宣告だとはわかっていたが、命の重みを考えると少しでも早い手術を勧めたい。

二度も同じ残酷な結論を突きつけられ、鎌田翠はショックを受けているらしい。突きつけられた事実をどう受け止めようか、考えている時間だけ患者は沈黙する。

だが、耳はすべての声を拾おうと機能しているものだ。紀子は、主治医から提供された写真やカルテを机の上に広げた。

「がんの大きさが七センチを超えていますから、左乳房の全切除が必要だと思われます」

がんの大きさは三センチを超えているか否か、が一つの目安となる。七センチは大きすぎる。十人の医師に聞いても十人が「全切除」と答えるだろう。判断を迷うようなケースではなかった。

「そちらの先生からもすでに説明を受けていると思いますが」

と前置きし、紀子は、左乳房の全切除を前提に、手術前に行なう化学療法や乳房の再建術について説明を続けた。

「そういう説明は、一度受けたと思います」

小さな声で鎌田翠は答え、「ええ、受けました」と、断定的に言い直した。

沈黙が続いた。紀子は、患者の次の言葉を待った。さらに質問があれば答えるつもりだった。だが、ほとんどが、主治医と同じ答えでしかないのは自分でも想像できた。

「もっと早く発見できていれば、と思いますか？」

と、鎌田翠は聞いてきた。

「そうですね。乳がんは早期発見が第一ですから」

と、紀子は一般論で応じた。

「異変には気づいていたんです。かなり前に」

と、遠くを見るような目をして鎌田翠は言った。「最初は半年前でしたか。胸に触れたら、何だか固いものに当たったんです。何だろう、しこりかしら、でも、まさか、と自分で打ち消して。怖かったんですね。自分で結論づけるのが。忙しさに紛れて、しこりのことは考えないようにしていました。そして、海外出張の前の日、左乳首から何か白い汁が、いえ、黄色にも見える汁が出ていたんです。気にはなりましたが、仕事を放ってはおけないのでそのまま出発したんです。病院に行ったのは、出張から戻って二週間後でした。乳がんと診断されて、できるだけ早く手術する必要がある、と言われました。でも、何か……納得できなくて、こうしてまた別のお医者さんの意見をうかがうことにしたんです」

「患者さん自身が納得してから治療を受ける。それが大事ですからね」

これも一般論だった。

「納得はしました。手術をしなければいけない。でないと、どんどん大きくなる。命にかかわる、ってことは。だけど、それでも、やっぱり、どこか納得できていないんですね。なぜ、わたしが……と思うと」

鎌田翠の声は震え始めている。

「誰でもそうですよ。自分だけはかからないだろう、大丈夫だろう、と思いがちです。でも、そんなことはないんです。女性であれば、誰にでも起こり得ることですから」

これは、鎌田翠ではなく、検診を受けようかどうか迷っている女性たちに言うべき内容だったかもしれない。

「有村先生にはお子さんがいらっしゃいますか?」

鎌田翠は、紀子の左の薬指をちらりと見てから聞いた。手術や検査以外のときは結婚指輪をはめている。

「ええ、います」

事実だけを答えた。高校二年生の娘がいる。

「そうですか」

鎌田翠は、それ以上は女医のプライバシーに立ち入ってはこなかった。かわりに、「結婚はしていないけど子供はほしい。そういう女の気持ち、わかりますよね?」と聞いた。

「わかります」

と、紀子は答えた。紀子もそう思った時期があった。

「もし子供が生まれて、自分の母親に片方おっぱいがないと知ったら、どう思うでしょうか」

「そうですね」

少し考えて、紀子は答えた。「子供は、ありのままの母親の姿を受け入れると思いますよ」

女医が返した答えの意味を考えるように沈黙してから、

「ありがとうございました。有村先生のご意見、参考にさせていただきます」

鎌田翠は席を立ち、病室を出た。

閉められたドアを見て、紀子は思った。鎌田翠は、また別の医師にセカンドオピニオンを求めるだろうか。

あのときのように。

4

鎌田翠がM中学校に転校して来たのは、三年生の一学期が始まってからだった。物怖《ものお》じしない性格で、頭の回転が速かった彼女は、クラスにすぐに溶け込み、仲の良い友達もできた。仲の良い友達とは、もちろん紀子ではない。紀子はおとなしい性格で、類は友を呼ぶということわざのとおりに、一緒にいた友達も同じようにもの静かな子だった。

夏休みが終わり、二学期に入って席替えがあった。紀子の隣は鎌田翠になった。

「よろしくね」

最初に鎌田翠ににっこりされたとき、そんなことははじめてだったので紀子はドギマギした。だが、隣になったからと言って、教室移動をともにするグループに入れてくれるわけではない。紀子から話しかけることはなく、鎌田翠に何か聞かれて答える、そんな間柄でしかなかった。鎌田翠の誕生日が五月一日だというのは、友達との会話の中で知った。紀子より一日早い。それで、卒業後もずっと記憶していたのだ。

紀子は、成績の悪い生徒だったわけではない。むしろ上位にいた。だが、鎌田翠のように積極的に手を挙げて発言する生徒ではなかったので、成績の良さをクラスメイトに印象づけられなかっただけだ。

先生の言葉をひとことも聞き漏らすまいとしてまじめに耳を傾ける紀子に対して、鎌田翠のほうは要領はいいがやや落ち着きのない生徒で、授業終了と同時に好きな友達の机へ行ったりして、授業の終わり間際に先生の言った内容を聞き逃すことも多かった。

そんなときは、「ねえ、宿題の範囲って何だった?」と、紀子に確認する。

紀子は、自分が聞いたとおりの内容をきちんと教える。ときには、持ち物を聞かれることもあったが、それについてもきちんと教えた。

「ねえ、明日の家庭科、何を持って来るんだっけ?」

ある日、翌日の授業の持ち物を聞かれて答えた紀子は、休み時間、教室の後ろで鎌田翠がほかの女子生徒に同じ質問をしているのを耳にした。

「明日の家庭科、持ち物って何?」

「ああ、エプロンと三角巾と布巾だよ。それからお米を半合ね」

女子生徒が答えた内容は、紀子とまったく同じだった。

——わたしに聞いておいて、どうしてまた別の子に聞いたの？

そのときは、鎌田翠の行動に何か深い意味があるのだろうと思って、そちらのほうに気をとられていた。

一週間後、似たような場面に紀子は遭遇した。やはり、授業が終わって、鎌田翠に英単語の小テストの範囲を聞かれたあとだった。トイレに入ろうとすると、鎌田翠の声がドア越しに漏れてきた。

「英単語の小テストって、どこからどこまで？」

鎌田翠と仲の良い女子生徒が紀子が答えたのと同じ内容をふたたび答えて、「隣にまじめな佐藤さんがいるでしょう？　佐藤さんに聞けばいいじゃない」と言った。

自分の名前が出て、紀子は身体を硬直させた。

「佐藤さん？　聞いたけど、あの人、何て言うか、声も小さいし、自信もなさそうで、何だか『本当にそうなのかな』って気になっちゃって、こっちまで不安になるって言うか……」

「で、ほかの人に確かめたくなる？」

「まあ、そうだね」

女の子二人は笑い合った。

紀子は、頭を殴られたような衝撃を受けてその場から離れた。鎌田翠の言葉がいつまでも鼓膜に張り付いている。

――わたしの言葉が信用できない？　わたしの態度が自信を欠いて見えるから？　それで、わたし以外の人間に再確認した？

それは、まさに、セカンドオピニオン――第二の意見を求めるのと同じだ。自分が薄っぺらな人間になった気がした。しばらくは食べ物が喉を通らなくなるほど落ち込んだが、三学期に入ってまた席替えがあり、隣に男子生徒が座るようになって、紀子は発奮した。

――このままではいけない。自分にもっと自信をつけなくては。

でも、どうすればいいのか。とりあえずは猛勉強に励んだ。知識で武装し、それを自信につなげる。そして、将来は誰からも尊敬されるような職業に就くのだ。「先生」と呼ばれるような職業に。

その後、鎌田翠は私立の女子高校に進み、紀子は地元の公立高校に進んだ。それ以来、紀子は鎌田翠に会ってはいなかった。大学の医学部に進んでからも、中学時代の同窓会には出席していない。

紀子は、医師になった。乳腺外科を専門に選んだのは、女性の感性を仕事に生かしたかったからだ。患者を診察し、学生に講義をする。場数を踏んで自信をつけた。専門的な内容であれば、大勢の聴衆を前にしても緊張せずに話せる。教授の推薦を受けて、セカンドオピニオン外来の運営メンバーにもなった。

鎌田翠のおかげで自信が持てるようになった。結果的に医師にもなれた。鎌田翠は自分の恩人かもしれない。いまでは、紀子はそう思っている。だが、中学時代の自分は思い出したくない。

5

講義を終えた紀子を、教室の出入り口で女性事務員が待っていた。

「娘さんの学校から電話がかかっているのですが」

「娘の高校？」

紀子の心臓は高鳴った。いい知らせであるはずがない。最近の留美《るみ》は、高校をさぼりこそしないが、遅刻はするし、宿題は忘れるしで、成績は下がる一方である。留美は、都内の私立女子高校に通っている。

「留美さんのお母さまですか？」

事務室の電話を受けると、留美の担任の女性教師、新倉《にいくら》の声が言った。

「はい、有村紀子です」

留美の母親は、いまは自分である。

「留美さんがスーパーでちょっと問題を起こしまして」

「問題って……」

すぐに脳裏に浮かんだのは、万引きという言葉だった。いままで留美がそういう問題を起こしたことはない。だが、不安定な精神状態にいる留美である。いつどんな問題を起こすかわからない危うさはつねに抱えている。

「お忙しいのはわかっていますが、お時間取れませんか？　こちらに来ていただきたいのですが」

警察が介入するような問題であれば、行かないわけにはいかない。「わかりました。まいります」と伝えて、紀子は思案した。医学部の講義は今日はもう終わりだ。しかし、大学病院では担当している入院患者の回診が残っている。回診に参加できないことをどう教授に伝えようか、言い訳を考えているうちに頭痛が起きた。結局、自分の体調が悪いせいにして、早退した。

留美の通う高校は厳格な教育で知られ、大学進学率も高い。留美は、二年生になって医学部を目指すクラスに入った。「医者になる」と、小学生のときから決めていた留美である。だが、一年次は成績がよかったものの、二年生になった途端、成績は徐々に悪くなり始めた。家の中でも口数が少なくなり、いまでは「家庭内別居」しているような状態だ。黙って食事をし、黙って二階の自室へ行き、何か用事があるときはメモで知らせる。

「不満があるのならちゃんと口で言いなさい」と、紀子は何度も諭した。だが、そのたびに音を立てて椅子を引かれたり、自分の部屋に逃げられたり、とあからさまに不機嫌な態度で無視された。

文京区の高校に着き、応接室に通されると、そこには留美と担任教師の新倉が待っていた。教頭先生と学年主任の姿もあった。学年主任だけが男性だ。

「お騒がせして申し訳ありません」

まずは、留美以外の面々に頭を下げた。こういうとき、どうふるまえばいいのかわからず、戸惑っている自分に紀子は気づいた。本当の母親であれば、眉を吊り上げて娘のところに行き、いきなりその頰を叩くのだろうか。しかし、自分にはできない。

「娘は何をしたのでしょうか。スーパーでトラブルを起こしたというのは、どういう意味でしょうか」

戸口に立ったまま、紀子は聞いた。

わたしは関係ない、というかのように留美はそっぽを向き、唇を尖らせている。

「どうぞお座りください」

女性教頭が穏やかな表情をあえて作り、紀子にソファを勧めた。

「留美さんが万引きをしたとお思いになったのかもしれませんが、そうではないのです」

紀子が腰を落ち着けたのを見て、新倉が切り出した。「でも、トラブルになったのは事実なので、ご家族にも充分注意していただこうと思いまして」

新倉が続けた説明は、紀子には一度では呑み込めなかった。何度か聞き返して、ようやく留美がどういう行動を起こしたのかが理解できた。

留美は学校の近くのスーパーに入って、ガムを一つ買った。それだけなのでシールを貼ってもらい、レジ袋はもらわずに外に出た。しばらくしてスーパーに戻ると、元の棚に自分の買ったガムを置いた。店内を何周かしたあと、その棚に行き、自分が置いたガムを手に取った。そして、そのまま店を出たところを、監視員に見つかって声をかけられた。

「本人が説明したとおりにレシートもあり、ガムにシールも貼ってあったので、本人が買ったものと証明されたわけですが、いかんせん万引きと思われかねない紛らわしい行為です。厳密な意味での犯罪行為には当たらないとはいえ、お店側には『二度とこういうまねはしないでほしい』と厳重注意されました。わたしたちもお嬢さんのこうした行為は大変残念に思います」

連絡を受けてスーパーに駆けつけたという新倉は、そこまで言ってため息をついた。

「すみません。二度とこういうことをさせないように、親としても気をつけますので」

具体的にどう気をつけたらいいのか、紀子はわかっていなかった。が、保護者としては謝罪して監督強化を約束するしかない。

「万引きしたわけじゃないから、いいでしょう？」

話が終わると、留美は捨てゼリフのように紀子に向かって言い、「わたし、部活がありますから」と、応接室を出て行った。このまま母親と一緒には帰らない、という意思表示なのだ。

取り残された紀子は大きなため息をついて、もう一度、「ご迷惑をおかけして申し訳ありません」と、教師たちに頭を下げた。

「留美さんは、最近、いろいろと悩んでいるようですね」

新倉が身体を紀子に向けて言った。

「ご存じとは思いますが、わが家には複雑な事情がありまして」

教師たちに言われる前に、紀子は家庭の恥をさらすことにした。「留美は、本当の母親とは一緒に住んでいません。両親が離婚して、小学校の六年生のときに、わたしが留美の母親になったのです」

「ご両親ともお医者さんですよね」

動揺を顔には出さずに新倉は確認する。保護者の職業や勤務先は、学校に提出する書類を見ればわかる。

「そうです」

「留美さんの将来の目標も医者ですよね。それで、二年から医学部コースに入られた」

「はい」

「何か迷いがあるのでしょうか。成績が下がっていますけど」

「わたしには話してくれないのです」

「お父さまには？」

「主人も仕事が忙しくて、なかなか娘とゆっくり向き合う時間が取れなくて」

夫の有村栄作《えいさく》は、紀子とは違う大学の医学部の教授である。

「留美さんは、別れたお母さまとは定期的にお会いになっているのですか？」

「わたしの知るかぎり、会ってはいません。そちらのほうは父親に任せているのですが、父親が促しても『会いたくない』と言うばかりで。一度、理由を聞いたら、『いまは勉強に専念したいから』と」

「そうですか」

新倉は何度かうなずいて、「でも、留美さんの志望自体は変わっていないのですよね。先日、進路アンケートをとったときも、やはり、医学部を希望してましたし」と続けた。

「中学校まではとても素直ないい子だったんです。『絶対にお医者さんになるんだ』と言って、『受験勉強はどうやったの？』なんて、わたしに聞いてきたりして。どういう科に進みたいか、なんて話まで一緒にしていたんです。高校生になってだんだんと口数が少なくなり、最近ではほとんど会話もなくなりました。むずかしい年頃になった、ということでしょうか」

思春期と言われる中学時代を無事に乗り切ったのでもう大丈夫、と紀子も安心していたところだった。だが、それは、高校受験というはっきりした目標が留美にあったせいかもしれない。

「そうですね。たぶん、留美さんの内部では、医者である新しい母親をすんなり受け入れてしまうことで、自分を産んでくれた母親を裏切っているような感情が渦巻いているんじゃないでしょうか。このまま医者になってしまっていいのか、と迷っているせいで、勉強にもあまり身が入らないのでは？　別れた母親を慕う気持ちが複雑な形で表れているのかもしれませんね」

新倉の見方に紀子は感心した。大学の心理学部を出ている教師らしいが、鋭い分析をする女性だ。

「産みの母親に会いたいのに、わたしに遠慮して『会いたい』とは言えない。娘にはそういう悩みがあるのでしょうか」

「自分を置いて出て行った母親に対しても、屈折した感情を抱いているのかもしれませんね。だから、素直に『会いたい』とは言い出せないのでしょう」

と、教え子の心理を分析しておいて、「でも」と、新倉は逆説の接続詞を継いだ。「本質的に、留美さんはとてもまじめなお子さんだと思います。万引きは犯罪です。罪を犯すのは怖いので、犯罪には至らないあんなゲームを思いついたのでしょう。罪には問われたくないけど、まわりを騒がせてやりたい。そういう子供っぽい考えが見え隠れしていますね。それに、不登校になるわけではありません。遅刻してもちゃんと学校には来て授業は受けます。さぼるまでの大胆さはないのでしょう。まだ夢は捨てられない。医者にはなりたい。だけど、親の希望をまっすぐに受け入れるのには抵抗がある。それで、彼女自身、葛藤を続けている。わたしの目には、留美さんがご両親に対して控えめに反抗しているように映ります。自分を産んでくれたお母さんに会いたい気持ちをどう表現していいのかわからず、悩んでいるようにも見えます」

聞きながら、紀子は深くうなずいていた。担任の心理分析は的を射ている。

「とにかく」と、新倉は膝を乗り出した。「娘さんのことはご夫婦でよく話し合ってください。それがいちばんだと思います。いまならまだ間に合います。留美さんを正しいレールの位置に戻してあげてください。そして、夢に向かって再スタートさせてあげてください」

6

三年一組　有村るみ

わたしは、大きくなったらお医者さんになりたいです。

わたしの父はお医者さんです。頭がいたい人やおなかがいたい人、病気の人をなおすのが父の仕事です。

「この世界から病気がなくなればいい」と、父は言います。わたしもそう思います。

父は、「もっともっと研究しないと、世界から病気はなくならない」と言います。

研究には時間がかかるそうです。

だから、大きくなったら、わたしがその研究をします。お医者さんになって、世界から病気をなくすのがわたしのゆめです。

紀子は、小学三年生のときに留美が書いた作文のコピーを繰り返し読んだ。折り目をつけないようにクリアファイルに大切に保管している。五年前、留美の父親、有村栄作から見せられた作文だった。栄作にプロポーズされた直後である。背伸びして、いつもは「パパ」と呼んでいる栄作を「父」と書いているのがほほえましい。

「これ、大切な作文でしょう？　コピーして持っていてもいいかしら」

「いいけど、どうするの？」

「ときどき読み返したいの。留美ちゃんの夢が書かれているんだもの。一緒にその夢を叶えてあげたいわ」

それが、プロポーズへの返事になったのかもしれない。脳神経外科が専門の栄作とは、専門の枠を超えた学会で知り合った。医師のあり方についての考え方が似ている点に共鳴し合って、交際が始まった。

栄作にとっては二度目の結婚だった。留美がこの作文を書いた直後、栄作は妻の弥生《やよい》から離婚を切り出されたのである。

「まさに青天の霹靂《へきれき》だったよ」と、あとで栄作は紀子に語ったものだ。彼のほうは、円満な夫婦生活を営んでいる、としか思わなかったという。

「まったくのわたしのわがままなんです」

離婚を言い出したときの弥生の最初の言葉は、それだったらしい。「すみません、別れてください」と、弥生は続けたのだった。

栄作と結婚する前、弥生は美容師をしていた。弥生は、栄作の行きつけの都内の美容院の担当美容師だった。「医者と結婚したら仕事は辞めるもの」と、そのころの弥生は思い込んでいたという。周囲からもそう勧められていた。すぐに留美を妊娠したし、留美の下に妹の由美《ゆみ》も生まれた。当時、栄作の母親がまだ健在で、弥生が手を離せないときは、留美や由美の世話をしていたようだ。

専業主婦をしていた弥生だったが、留美が小学三年生のとき、郷里の仙台に住む母親が倒れた。弥生の実家は美容院を営み、母親と姉が美容師をしていた。母親を見舞うために実家に帰省していた弥生は、戻るなり、栄作と姑を前に頭を下げたのだった。「わたしを仙台に帰してください」と。

紀子が、栄作の口を通して聞かされた前妻、弥生の言葉を再現すればこうなる。

――まったくのわたしのわがままなんです。すみません、別れてください。わたしを仙台に帰してください。いま、ようやく気づいたんです。わたしは、お医者さんとなんか結婚してはいけなかったんです。美容師として家業を継ぎ、母と姉を支えなければいけなかったたんです。母は脳梗塞で倒れたので、リハビリをしたとしてももうハサミは持てないでしょう。腕にマヒが残り、美容師としての微妙な感覚が指先に戻らない可能性が高いと思います。母は有能な美容師でした。会社員の夫を早くに亡くしてからも、自分の腕一本でわたしたちを育ててくれたんです。わたしは、そんな母を尊敬していました。「大きくなったら、お母さんみたいな美容師になるよ」というのがわたしの夢でした。姉もあまり身体が丈夫ではないんです。家族もいますし、介護すべき年寄りも抱えています。わたししかあの人たちを支えてあげられる人間はいないんです。どうか、もう一度、わたしを美容師として送り出してください。

一方的な離婚の申し出を聞くなり、栄作の母親は「子供はどうするの」と問うた。

「連れて行きたいのが本音ですが、わたしが勝手に言い出したことですから、そういうわけにもいきません。子供たちに決めさせます」

留美は小学三年生。四歳下の由美は幼稚園児。

「ママと一緒に行く。離れたくない」と、泣き出したのが由美だった。「わたし、大きくなったら美容師さんになるの」が口癖で、幼稚園では友達の髪の毛をいじるのが大好きな子である。

一方、「わたしはパパといる。パパがお医者さんだから。わたしもパパみたいなお医者さんになる」と、きっぱり言い切ったのが留美だった。

7

「留美は上にいるのか？」

日付けが変わったころに帰宅した栄作は、居間のソファに落ち着くなり、顎で天井をしゃくった。教授会のあとで飲み会があったのだ。教授のポストに就くとつき合いもそれなりに多くなる。

「まだ寝てないと思うけど、呼ぶ？」

「いや、いい。こっちも疲れているから、いまあの子の顔を見ると頭ごなしに怒鳴ってしまいそうだよ」

栄作は顔をしかめ、疲労を振り払うように頭を振った。今日、留美の学校に呼び出されたことは、あとで携帯電話で栄作に知らせてあった。

「しかし、何でそんな騒ぎを起こすんだろうな。親を振り回しておもしろいのだろうか」

「わたしのせいかしら」

紀子がつぶやくと、栄作は眉をひそめた。

「わたしが……セカンドママだから」

二度目の母親。

「何を言い出すんだよ。いままでうまくやってきたじゃないか」

「それだけ、あの子が大人になったのかもしれない」

いままで夫の前で弱音は吐かなかった紀子である。栄作は面食らった表情で、言葉を返せずにいる。

「もしかしたら、留美ちゃんは、別れたお母さんに会いたい気持ちを抑えつけてきたのかもしれない。それに、高校に入ったらまわりが優秀な子ばかりで、相対的に成績が落ちたでしょう？　本当に医者になれるかどうか、将来が不安になったんじゃないのかしら。だって、自分を産んでくれたお母さんについて行かなかったってことは、医者にならないといけないってことでしょう？　そういう道を選んだのだから。あの子なりにものすごいプレッシャーを感じているのよ」

「そうだな」

と、栄作は腕を組んで、「プレッシャーから逃れるために、この家から外へ目を向けたのかな。避難場所を見つけたくなったとか」と、その避難場所を頭に思い浮かべるような目をした。

「弥生さんからの手紙はちゃんと渡しているんでしょう？」

栄作が思い浮かべた「避難場所」は、別れた妻、弥生に違いなかった。

「ああ、渡している。彼女からのメッセージも留美にはきちんと伝えている。何度も面接の申し入れはあったし、そのたびに留美には教えている。会いたければ会えばいい。こっちが会うな、と引き止めているわけじゃないしね。君だって理解を示しているじゃないか」

「留美ちゃんは、わたしに遠慮しているのよ」

「遠慮していて、今日みたいな騒動を起こすのか？」

栄作の語気がやや強くなった。

「五年間一緒に暮らして少し甘えが出てきたのかもしれない。それに、弥生さんに対しても屈折した気持ちは抱えているんじゃないかしら。自分を強引に連れて行こうとしなかった母親を恨んでいるのかもしれない。それで、弥生さんが『会いたい』と言ってきても、素直に応じることができないのね」

小学三年生の子に、父親か母親、どちらか好きなほうを選ばせるのは残酷だ。

「彼女のあのときの顔は忘れられないよ。いまも目に焼きついている」

離婚した妻を「彼女」と呼んで、栄作は低い声で言った。二度目の妻、紀子の前では気を遣って、最初の妻の名前を決して口にしない栄作である。

「彼女は、娘たちが二人とも母親である自分を選ぶと思っていたんだろうね。しかし、留美は父親のほうを選んだ。彼女は顔をこわばらせて、しばらく言葉を失っていたね」

同じ女として、弥生が受けたショックの大きさは紀子にはわかる気がした。同様に、同じ女として高校生の留美の気持ちも推し量れる。

「女同士だからわかるの。留美ちゃんは留美ちゃんなりに苦しんでいるのよ」

気持ちはわかる。けれども、こういうときどうしたらいいのか、どういう方法を採ったらいいのか、紀子にはまるでわからないのだ。

8

翌日、朝食を用意した紀子が「ご飯よ。起きなさい」と、二階の留美に声をかけたが、返事がない。

「休みだからゆっくり寝かしてやればいい」

と、出勤の用意をしてから食卓についた栄作が言った。留美の高校は、隔週で土曜日が休みになる。

「だめよ。起こさなければ昼まで寝ているんだから。『怠惰な生活習慣をいまからつけたら大変だ。来年は受験生なんだからな』、そう言ったのはあなたでしょう？」

のんきな栄作に少し腹を立てて、紀子はスリッパの音を響かせながら階段を上がった。医者としての仕事は同じなのに、家庭での負担は女のほうにより重くかかる。今日は紀子も仕事が休みの日に当たっている。留美と二人、落ち着いて話し合う時間を持ちたいとも思っている。

留美の部屋の前で深呼吸をし、〈わたしもプレッシャーを感じているんだわ〉と紀子は思った。留美を産んだ弥生に対してライバル心を燃やしているのかもしれない。何が何でも留美を医者にしなければ、という使命感に駆られている。でなければ、彼女の二番目の母親になった意味がないとまで思っている自分がいる。

「留美ちゃん、起きて。ご飯よ。パパ、もう病院に行くから」

返事はない。ドアを叩いて、さっきの言葉をもう一度繰り返す。

反応はない。ドアノブに手をかけ、押してみた。鍵はかかっていない。

ベッドはぺしゃんこになっていた。誰も寝ている気配はない。「留美ちゃん？」と呼びながらクローゼットや出窓まで見てみたが、そんなところに隠れているはずがない。

机の上にメモ用紙が置かれていた。

「自分を探しに行きます」

留美の筆跡で、ブルーの蛍光ペンを使ってそう書かれている。

「大変、留美ちゃんがいないの」

紀子は、その紙を持って階段を駆け下りた。

「いないってどういうことだ？」

栄作を無視して、紀子は玄関へ行った。留美の靴をチェックする。最近買ったナイキの白いスニーカーが見当たらない。

「家出しちゃったのよ」

玄関に出て来た栄作に、紀子は留美の置き手紙を見せた。

「自分を探しに行く、ってどういうことだ？」

「わからないわよ。あなたの子でしょう？」

勢いで感情をぶつけてしまい、紀子はハッとした。いまは、自分の子でもある。

栄作は困惑した表情で、紀子を見つめている。

「ごめんなさい。やっぱり、わたし、留美ちゃんの母親にはなりきれないわね。それはもう無理だと諦めているの。女の先輩として接するしかないと思っている。女の先輩として、医者として、何をあの子にアドバイスしてあげられるか。それを……わたしは学ばなくてはいけないと思っている」

紀子の気持ちを受け止め切れずに、栄作は黙ったままでいる。

「大丈夫よ、留美ちゃんは」

「何でそんなふうに言えるんだ」

「担任の新倉先生が言ってたわ。留美ちゃんは、本質的にまじめな子だって。わたしもそう思う。わたしたちに反抗したくて悪《わる》ぶっていても、悪《わる》にはなりきれないのよ。医者になる夢も捨て切れない。あてもなく家出するようなバカなまねをする子じゃないわ。とにかく、あなたは病院に行って。わたしは心当たりを探すから」

「わかった」

栄作はうなずき、「こまめに連絡してくれ」と言い添えて仕事に出かけた。

その直後、紀子は留美の携帯電話にかけてみたが、電源が切られていた。

9

時期がきたのだ、と紀子は思った。第三者の意見を求めるときが。第三者とは、留美とは一緒に住んでいないが、留美といちばんつながりの濃い人間。そう、留美を産んだ母親、弥生だ。

紀子は、弥生と直接会ったことはない。だが、弥生が残して行ったアルバムの写真を見て、彼女の顔は知っている。実家の美容院の住所も栄作から聞いて知っている。

——産みの母親だったらどうするか。いまのような娘とどう向き合うか。

弥生の意見を聞くべきときがきたのだ。いままでは、誠意をもって接すれば何とかなる、熱意で乗り切れる、と楽観的に考えていた。鎌田翠の言葉に奮起して、一生懸命勉強して医者になった紀子である。自分がたどった道をそのまま留美に教えればいい、と思っていた。だが、一人の力には限界がある。

——セカンドオピニオン。

仕事に密着しているその言葉が脳裏を巡る。紀子は急いでしたくをすると、東京駅へ行き、十五分後に発車する新幹線の切符を買った。新幹線の中で、どういう切り出し方をすればいいか、いろいろなパターンの質問を考えた。

仙台駅で降り、タクシーに乗る。

「青葉区木町通り二丁目の『なぎさ美容室』までお願いします」

と、運転手に行き先を告げる。二丁目で降りて目的地の番地を探そうと思っていたところ、意外にも運転手は「ああ、『なぎさ美容室』ですね」と、その場所を知っていた。

——運転手さんでも知っているような大きな美容院なのかしら。

家族で経営している小さな美容院だと思っていたが。だが、目的地に着くと、そこは紀子が思い描いていたとおりの家庭的な小さな美容院だった。住宅と雑貨屋に挟まれてひっそりと建っている。運転手はたまたま場所を知っていたらしい。あるいは、奥さんの行きつけなのか。

よくある美容院のようにガラス張りで、入口のすぐ向こうにカウンターが見える。左側に鏡が並び、椅子がいくつかあるのが見えた。手を動かしている女性が二人いる。

美容院に入るというのに、紀子は手ぐしで髪の毛を整えた。

「いらっしゃいませ」

手前の鏡の前で手を動かしていた中年女性が振り返り、笑顔でカウンターに来た。

「あの……はじめてなんですけど」

この女性は弥生ではない。だが、目鼻立ちがよく似ている。

奥の鏡の前の女性がこちらを見て、軽く会釈をした。こちらが弥生だ。

「今日はどうなさいます？」

応対に出た女性が聞いた。たぶん、弥生の姉だろう。

「カットをお願いします」

「かしこまりました。少しそこでお待ちください」

お荷物と上着を、と言われて、紀子はバッグとジャケットを預けた。ソファで女性週刊誌を広げながら、店内の様子をうかがう。

弥生が姉と二人で店を切り盛りしているようだ。脳梗塞で倒れたという母親の姿はない。弥生の姉が担当する客はセットを終えたらしい。

「いかがですか？」

手鏡を客に渡し、仕上がりを確認させている。

「ありがとうございました」

やがて、客を連れてカウンターに来た。その客を送り出すと、「お待たせしました」と、座っていた紀子を手招いた。「シャンプーをいたします」

弥生の姉にシャンプーをされているあいだ、耳を澄ましてみたが、湯が出る音で店内の声は拾えなかった。

「お疲れさまでした」

シャンプーが終わり、顔に当てられていたガーゼを取られて椅子を起こされると、店内にはさっきまでいなかったジャージ姿の少女がいた。床に落ちた髪の毛をほうきで掃き集めている。中学生くらいだろうか。ジャージは中学校の指定服か。

鏡の前の椅子に案内されると、ちょうど弥生が客の髪の毛をセットし終えたところだった。

弥生は紀子の顔を知らないはずだ。栄作が定期的に前妻に送る手紙には、留美が一人きりの写真を添えている。小学校の卒業写真、中学校の入学写真、誕生日に撮った写真、修学旅行の記念写真、合唱祭の写真、運動会の写真、中学校の卒業写真、高校の入学写真……。

自分の髪の毛を担当するのは弥生の姉だろうと思っていたが、客を店の外に送り出して戻った弥生が姉と顔を見合わせてから、紀子の椅子の後ろに立った。

「いらっしゃいませ。こんにちは。どのくらいの長さにされますか？」

ケープを肩に掛け直して、にこやかな笑顔で紀子に聞く。目元が留美によく似ている、と鏡に映った弥生を見て紀子は思った。微笑んでもどこか寂しげな印象を与える顔立ち。そこも母娘で似ている。白いブラウスにニットのロングベストに裾がやや広がった黒いパンツに同色のエプロン。動きやすそうでシンプルなスタイルだが、さりげないおしゃれ心がのぞき見える。

「このへんまで切ってください」

首のあたりに指を当てて答えてしまい、紀子はハッとした。背中まで伸ばしている髪の毛だ。「ロングヘアの女医さん」と大学病院では評判を呼び、「先生、永遠の少女みたい」と医学部の学生たちからはからかわれている髪型だ。

「よろしいんですか？」

十センチ以上切ることになる。はじめての美容院での思いきった客の決断に、弥生は驚いたようだ。息を呑んで確認してきた。

「ええ、いいんです。ばっさり切ってください」

紀子は言った。「これから厚いコートを着る季節がやってくるので、髪の毛は邪魔になるんです」

「ああ、そうですね。コートの襟に髪の毛が入ってしまいますからね。では、邪魔にならない程度に」

そううなずいて、弥生は紀子の両頬に軽く手を当て、髪の毛の長さを確認するように顔を鏡にまっすぐに向けた。

髪の毛にはさみが入れられる。ばっさり、と言ったのに、美容師は最初は控えめにカットする。

「お嬢さんですか？」

美容院に雑談はつきものだ。質問される前に、紀子は鏡の中の美容師に聞いた。床を掃き終えたジャージの少女は、畳んだタオルを棚にしまっている。

「ええ、そうです」

「中学生ですか？」

「はい、一年生です」

留美の四つ下。妹の由美に違いない。由美のほうは父親の栄作に顔立ちが似ており、意志の強そうなしっかりした顎をしている。

「バレーボール部に入っているんです。土日も練習があるとかで」

弥生は、鏡の中の紀子にそう説明してくるりと後ろを向き、「もういいから、学校に行きなさい。おばあちゃんにお茶をいれてあげてね」と、娘にやさしい口調で言った。

「はーい」と、娘は気持ちよい返事をし、店の奥に引っ込んだ。姪に何か言《こと》づけがあるのだろう。あるいは、「おばあちゃん」と呼んだ母親に用事があるのか。弥生の姉も続いて店の奥に消えた。

店内には紀子と弥生、二人きりになった。

――母と娘、いい関係を築いているんだわ。

短い会話で、紀子は直感した。やはり、血のつながった親子だからだろうか。

「大きくなったら美容師さんになるのかしら」

紀子がそう水を向けると、

「さあ、どうでしょうか。本人はそう言ってますけど、若い子は気まぐれですからね」

と、美容師である母親は、言葉とは裏腹に娘の将来を確信しているような笑みとともに返した。

「どちらからいらしたのですか？」

今度は弥生のほうから聞かれ、紀子は緊張で身を硬くした。旅行者だということが察せられるのだろうか。

「東京から出張で」そこで、そう答えた。

「どんなお仕事をされているのですか？」

「医療関係です」

医者です、とは答えずにおいた。

「薬剤師さん？」

「いえ、違います」

左右の髪の毛を少しずつ切り揃えていた弥生が、一瞬、ハサミを動かす手を止めた。次は、「お医者さんですか？」と聞いてくるかと紀子が身構えたとき、店のドアが開いた。鏡の中に少女が映り、あっと思って紀子が椅子から立ち上がったのと、弥生が「留美」と呼んだのとは同時だった。

ジーンズにデニムのジャケットをはおり、ナイキのスニーカーを履いた留美がカウンターの前に立っている。

「何でここにいるの？」

留美は、客としてケープを掛けた母親の姿を見て眉をひそめている。問い詰めるような険しい声だった。

「わたしを探しに来たの？」

書き置きを残して来たのだから、わたしを信じて少しくらい放っておいてくれてもいいじゃない。そういう抗議の響きが感じ取られた。

「そうじゃないの」

どう言えばいいのか。あなたの産みの母親にセカンドオピニオンを求めに来た、そう言えばいいのだろうか。

「留美、久しぶりね。大きくなったわね」

手にしていたハサミをエプロンの所定の場所におさめて、弥生は自分が産んだ娘と向き合った。両手を開けたのは、娘を抱く準備をするためだろうか、と紀子は思った。

だが、娘のほうは素直に産みの母親の胸には飛び込んで行かなかった。

「話がついていたの？」

と、留美は、産みの母親といまの母親を交互に睨みつけた。裏で二人がつながっていたのか、と疑うような目だ。

「違うわ。何の連絡もしないでここに来たのよ、わたしは」

と、あわてて紀子は言った。

「留美」

と、弥生が娘を呼ぶ。そうやって自分に注意を引きつけると、何を思ったのか、弥生は白いブラウスのボタンをはずし始めた。ブラジャーのカップが組み込まれた白い下着が現れた。

紀子は胸をつかれた。それは、仕事柄、見慣れているものだったが、一般的にはあまり知られていない種類のブラジャーだった。右の乳房と左の乳房のカップの大きさが違う医療用のものだ。

「ママ」

産みの母親の突然の行為にあっけにとられたのか、昔の呼び方が留美の口をついて出た。

「留美、あなたが吸っていたおっぱいは、片方もうないの」

と、弥生は留美を見て言い、視線を紀子に移した。

「この人のおかげでわたしは命拾いしたのよ」

留美も紀子に視線を当てた。

「紀子さんは、わたしの命の恩人なの」

と、弥生が穏やかな口調で続けた。「あなたのお父さんが再婚すると手紙で知らされたとき、動揺しなかったと言えばうそになるわ。相手はお医者さんだとわかって。乳腺外科が専門の女医さん。だけど、そのときふっと思ったの。『そうだ、乳がん検診なんかしたことなかったけど、これを機に一度してみようかしら』って。そしたら、こっちの病院で乳がんが見つかった。微妙な時期だった。むずかしい判断を迫られたわ。わたしは思いきって左の乳房を全摘することにしたの。ひどい貧血に悩まされたり、だるさや立ちくらみ、息切れに苦しんだりしたけど、懸命にリハビリに励んで、以前と同じように腕を動かせるようになった。こうして、毎日、楽しんで仕事ができるようになったの。あのとき、検診を受けなかったら、いまごろわたしはこの世にはいなかったかもしれない」

――この人も乳がんの手術を受けたのか。

紀子は、息を呑んで弥生を見つめていた。仕事に復帰できるようになるまでの彼女の努力と苦労に思いを馳せた。別れた夫と娘に心配をかけたくなくて、手紙には何も書かなかったのだろう。

「だから、あなたも立派なお医者さんになりなさい」

弥生が続けた言葉に、留美の頭がかすかに動いたように紀子には見えた。

解説

松村《まつむら》　比呂美《ひろみ》
（作家）

新津作品は、初期の頃から読み込んでおり、特に、短編の切れの良さ、予想のつかない展開に魅了されている。

本書も待望の短編集だ。収録されている七編に共通しているテーマは、「再び」。再会、再婚、再発、再起、再建、再来、再生など、いろいろな角度から「再び」を切り取っている。

一旦読み始めると、結末を迎えるまで本を閉じることができないのは、起きている事柄が他人事ではなくなってくるからだろう。

「二度とふたたび」では、会社の倒産により職を失った主人公、史子が、ふとしたきっかけで万引きをしてしまう。リアリティのある設定と秀逸な心理描写により、その瞬間から、読み手は、盗んだ品物を自分が隠し持っているかのような恐怖と後悔とを背負うことになるのだ。

突然声をかけてきた後輩、こずえの意図は何なのか。果たして現場を見られたのだろうかと、史子と共に、彼女の存在を疎ましく、恐ろしく感じ始めることだろう。

これが、魅力のない主人公であれば、自業自得だから捕まって反省すればいい、と思うところだろうが、そうさせないのが新津さんの巧さだと思う。

しかし、主人公に同化して、まとわりついてくる後輩から逃れるすべはないかと模索している暇はない。展開はすばやく、思いもかけない方法で、史子はことを解決しようとする。

「そうよ。二度目は怖いのよ」

ぞくっとする史子のつぶやきだ。

表題作にもなっている「星の見える家」は、新津さんの出身地でもある長野県が舞台になっているが、安曇野の澄んだ空気や厳しい自然の描写が、物語のひんやりとした部分を引き立たせている。

主人公の佳代子は、家族と共に営んでいたペンションを閉め、パンを焼いて細々と生活を続けている。しかし、彼女は、「ペンション満天」の再建を諦めたわけではなかった。満天の星がきらめいている場所がもうひとつあったのだ。そこは……。

主人公の再建計画は、きっと読み手の想像を超えているはずだ。

新津さんと初めてお会いしたのは十年前だが、それ以前から新津作品のファンだった私は、あの鋭い切口の小説を数多く生み出してきた作家が、こんなに華奢でかわいい人だったのかと驚いた。おっとりしたお嬢さんという雰囲気は、十年経った今でも変わっていない気がする。

幸せな人が書いた小説は面白くない、という言葉を耳にすることがあるが、新津さんに関しては、その言葉は通用しない。

ご夫妻揃って第一線で活躍を続けている作家で、かわいいお嬢さんもいる。短編、長編共にコンスタントに発表して高い評価を得ており、頻繁に映像化もされている。一月には角川書店から刊行された『トライアングル』が連続ドラマとして始まった。趣味の絵画鑑賞も熱が高まり、今や、ご自分のギャラリーまで所有されている。

そんな幸せを絵に描いたような生活をしつつも、新津さんは日常に潜んでいる恐怖を見逃さない。普通なら気付かない隙間さえも見つけ出すことができるのだ。その隙間を見つけた瞬間に、頭の中では一作の短編小説ができあがるのだろう。

平凡な生活の中にぽっかり空いている恐ろしい穴といえば、交通事故もそうだ。穴に落ち込むのは加害者と被害者だけではない。その周りにいる人たちも、悲しみだけではなく、想像もしていなかった恐怖を味わうことがある。

恋人が交通事故に遭って下半身不随になったら、果たしてどんな決断をするだろうか。しかも、ちょうど別れ話が出ていたところだ。

「約束」では、主人公の冬美が、事故で下半身不随になった恋人の妹に、兄が立ち直るまでは、自分だけ幸せにならないこと、という理不尽な約束をさせられる。その上、恋人の妹は頻繁に冬美の様子を見にくるのだ。幸せになっていないかの確認のために……。

しかし、その約束に縛られていたのは、冬美だけではなかった。

そこが、通り一遍の物語で終わらせない作者ならではの展開だ。

「再来」は、生まれ変わりを扱っているが、それが実際に起こり得ることとして読めるのは、やはり細部までリアリティが貫かれているからだろう。

本作には、生まれ変わりのほかに、もうひとつ大切なテーマがある。ぜひ読み取っていただきたい。

子供の頃に監禁されていた少女、鍵本佐和の正体を知ったとき、私は胸が締めつけられる思いがした。

もうひとつのテーマといえば、本書のために書き下ろされた「セカンドオピニオン」も、医療としてのセカンドオピニオンにからめて、もうひとつの「セカンド」が準備されている。

自分の言葉を信用してもらえなかったことがトラウマになっている主人公、紀子は、そのできごとをバネにして、現在は女医としてセカンドオピニオン外来のメンバーに加わっている。しかし、全てが順調にいっているわけではなく、二番目の母親としての悩みを抱えていた。

紀子の言葉を信用しなかった同級生が、患者として紀子にセカンドオピニオンを求めることになる皮肉なめぐり合わせも面白いが、もちろん、仕返しなどという安易な展開には流れない。

血のつながりのある母親と現在の母親、本来なら反目するような立場のふたりの女性たちの、意外な心理と行動は大変興味深く、ラストはほっとさせられる。

「危険なペア」では、伊万里焼のペアのワイングラスの使い方が生きている。

主人公たちは、男女雇用機会均等法施行後、最初に総合職として社会へ出た、いわゆる「均等法一期生」の女性たちだ。

仕事を選んだことで結婚を遠ざけたゆう子、妥協で結婚したのち、子育てがひと段落ついて再就職先を探している弘子、離婚してふたりの子供を女手ひとつで育てている、かなえ。

物語は、ゆう子が近隣の学校のバザーに、因縁のあるペアのワイングラスを出したことから展開していく。ワイングラスが三人の女性をつないでいくさまは、自然で納得させられる。

キャリアウーマンとして注目されていた彼女たちの「今」も興味深い。

新津さんは、旬の話題を題材として扱うより、その一歩先を見ていることが多い。そして、その視線は温かい。だからこそ、過去の作品を読み返しても、古さを感じさせないのだろう。

「五年日記」は、文中の日記の行数が実際の日記と同じ六行以内で、この日記を使用している私には、一層、リアルに迫ってきた。

五年日記は一ページに同じ月日の出来事を五年分書けるようになっており、一年目は普通の日記と変わらないが、二年目に入ると、去年の今日はこうして過ごしていたのだと、過去の自分と向き合うことができる。五年目になると、一層意味のあるものとなる。

そんな日記の書きかけを、不倫相手の妻から渡されたら、どんな思いがするだろうか。しかも妻は末期の癌を患っているのだ。

恐ろしい結末が待っているのだろうと、あれこれ想像したが、予想はいいほうに裏切られた。

また、本作には、新津ファンには馴染みの登場人物が出てくる。探偵としてちゃんといい仕事をしているのだと、そんなことも嬉しくなった。

短編小説は、つい、ラストを想像しながら読んでしまうが、新津作品には、毎回見事に騙されてしまう。

展開が読めないのは、それだけ、作品の幅が広く、結末が多岐に亙っているからだろう。テーマもひとつではなく、いくつかの出来事がうまく絡んで着地する場合が多い。温かい気持ちになる結末もあれば、ぞくっとしたり、ヒリヒリさせられたり、カタルシスを感じたり、という結末もある。

ただ、読み手によって、それぞれの作品が、どれにあてはまるのかは違ってくるだろう。立場や考え方によって、捉え方も違って当然だと思う。

新津さんは、日常に根ざした恐怖や女性心理を書かせたら随一と言われている。展開も独特で切れもいいが、最近は、しっとりした情感が加味され、まさに脂の乗った作家、という印象を受ける。

本書は、味わいの上でもテーマにおいてもバランスのいい短編集だ。新津ワールドをたっぷり楽しんでいただきたい。

＊——初出一覧

危険なペア　「小説宝石」二〇〇七年十一月号
星の見える家　「小説宝石」二〇〇八年六月号
二度とふたたび　「小説宝石」二〇〇六年十二月号
五年日記　「小説宝石」二〇〇七年五月号
約束　「小説宝石」二〇〇八年二月号
再来　「小説宝石」二〇〇八年十一月号
セカンドオピニオン　書下ろし

光文社文庫

文庫書下ろし&オリジナル／傑作心理サスペンス

星《ほし》の見《み》える家《いえ》

著 者　新《にい》津《つ》きよみ

2009年2月20日　初版1刷発行

発行者　駒井稔
印　刷　萩原印刷
製　本　榎本製本

発行所　株式会社 光文社
〒112-8011　東京都文京区音羽1-16-6
電話(03)5395-8149　編集部
8114　販売部
8125　業務部

ISBN978-4-334-74541-7　Printed in Japan

組版　萩原印刷

お願い　光文社文庫をお読みになって、いかがでございましたか。「読後の感想」を編集部あてに、ぜひお送りください。

このほか光文社文庫では、どんな本をお読みになりましたか。これから、どういう本をご希望ですか。

どの本も、誤植がないようつとめていますが、もしお気づきの点がございましたら、お教えください。ご職業、ご年齢などもお書きそえいただければ幸いです。当社の規定により本来の目的以外に使用せず、大切に扱わせていただきます。

光文社文庫編集部

宮部みゆき　東京下町殺人暮色
宮部みゆき　スナーク狩り
宮部みゆき　長い長い殺人
宮部みゆき　鳩笛草　燔祭《はんさい》／朽ちてゆくまで
宮部みゆき　クロスファイア（上・下）
宮部みゆき編　贈る物語　Terror
宮部みゆき選　撫子《なでしこ》が斬る
矢崎存美　ぶたぶた日記《ダイアリー》
矢崎存美　ぶたぶたの食卓
矢崎存美　ぶたぶたのいる場所
矢崎存美　ぶたぶたと秘密のアップルパイ
唯川　恵　別れの言葉を私から
唯川　恵　刹那に似てせつなく
唯川　恵　永遠の途中

唯川　恵　幸せを見つけたくて
唯川　恵選　こんなにも恋はせつない
山田詠美編　せつない話
山田詠美編　せつない話　第2集
若竹七海　ヴィラ・マグノリアの殺人
若竹七海　名探偵は密航中
若竹七海　古書店アゼリアの死体
若竹七海　死んでも治らない
若竹七海　閉ざされた夏
若竹七海　火天風神
若竹七海　海神《ネプチューン》の晩餐
若竹七海　船上にて
若竹七海　バベル島

光文社文庫